Sieben Tage Mo

Oliver Scherz, geboren 1974 in Essen, zählt zu den erfolgreichsten deutschen Kinderbuchautoren. Nach dem Schauspielstudium in Leipzig und Engagements an Theatern und beim Fernsehen, machte er sich 2012 als Kinderbuchautor selbstständig. Seine Bücher wurden mehrfach ausgezeichnet und sind in über zwanzig Ländern erschienen. 2015 wurde er vom Börsenverein des Deutschen Buchhandels zum »Lesekünstler des Jahres« gewählt. Oliver Scherz lebt mit seiner Frau und seinen beiden Kindern in Freiburg.

Philip Waechter, geboren 1968 in Frankfurt am Main, studierte Kommunikationsdesign mit dem Schwerpunkt Illustration an der Fachhochschule Mainz, unter anderem bei Professor Albrecht Rissler. Sein erstes Buch veröffentlichte er 1995 im Ellermann Verlag. Philip Waechter lebt heute als freier Grafiker und Illustrator in Frankfurt am Main. 1999 gründete er mit anderen Illustratorinnen und Illustratoren die Ateliergemeinschaft LABOR.

Oliver Scherz

SIEBEN TAGE MO

Mit Bildern von Philip Waechter

Thienemann

Für
meinen feinsinnigen Vater,
der mein Sprachverständnis
geprägt hat.

Inhaltsverzeichnis

MO

»Ich bleib hier stehen.«

Mo forderte mich mit seinem Grinsen heraus. Aber ich hatte keine Lust auf ein Spielchen. Das Einkaufen war anstrengend genug gewesen und die Einkaufstasche schnürte mir das Handgelenk ein.

»Meinetwegen. Dann geh ich vor und trink die Cola ganz alleine aus«, rief ich und lief weiter.

Der nächste Zug kam erst in fünfzehn Minuten. So lang würde Mo da schon nicht stehen bleiben. Mitten auf dem Bahnübergang. In fünfzehn Minuten säßen wir längst zu Hause und würden Eiswürfel in unsere Cola fallen lassen.

Ich drehte mich im Laufen um. Mo hatte die Arme von sich gestreckt, sah aus wie eine Vogelscheuche in seinem flattrigen Trainingsanzug, den er fast jeden Tag trug. Auch jetzt, im Hochsommer.

Noch immer grinste er frech. Er wusste genau, dass er da nicht stehen durfte. *Das* wusste er. Das war sein Spielchen. Ich sollte ihn holen wie einen sturen Esel.

»Komm endlich!«

Keine Reaktion.

Ich ging schneller. Dabei war mir eigentlich schon klar, dass ich wahrscheinlich wieder umkehren musste, weil man gegen Mos Willen einfach nicht ankam. Aber ich wollte es wenigstens versuchen: Ihm einmal nicht nachgeben wie sonst.

Gereizt lief ich den sandigen Weg entlang und nahm mir fest vor, nicht mehr zurückzuschauen. Die Sonne brannte mir auf den Kopf und die Schweißtropfen kitzelten meine Arme runter.

Auf einmal hörte ich ein helles Sirren. Oder täuschte ich mich? Da war es schon wieder. Obwohl noch kein Zug in der Nähe sein konnte. Ich wusste ja, wann die Bahnen hier fuhren. Trotzdem, das Sirren wurde gleichmäßiger und lauter. Als käme es doch von den Gleisen!

Ich riss den Kopf herum und mein Blick überflog die Bahnstrecke: Aus Richtung des Dorfs kam nichts. Auf der anderen Seite verschwanden die Schienen im Wald.

Und da sah ich, wie ein Güterzug zwischen den Bäumen auftauchte! Mir wurde schwindelig, als wäre alles Blut auf einen Schlag in meine Beine gesackt.

»Mo!«

Ich ließ die Einkaufstasche fallen und rannte zurück.

»Geh da weg! Schnell!«

Mo ignorierte mich. Hörte er den Zug denn nicht?! Oder hielt er das Sirren für das Zirpen der Grillen?

»Hinter dir!!«, schrie ich. »Hinter dir, Mo!!«

Er reagierte einfach nicht!

Erst das schrille Warnpfeifen der Lok ließ ihn herumschnellen. Im selben Moment war ich bei ihm und riss ihn von den Gleisen. Der Fahrtwind der vorbeirauschenden Waggons zerrte an unseren Haaren, wirbelte sie durcheinander. Wie wild rubbelte Mo sich mit den Händen über den Kopf. Er hörte nicht auf damit, bis endlich der letzte Waggon davonraste und es still wurde wie zuvor.

Wütend packte ich ihn und schüttelte ihn durch.

»Du Idiot!«, keuchte ich und bereute meine Worte sofort.

Er sah mich mit großen Augen an.

»Du bleibst nie wieder mitten auf den Gleisen stehen. Nie, nie wieder. Kapiert!«

Ich ließ von ihm ab und ging ein paar Meter, fluchte den Boden an und trat Steine weg. Beruhigen konnte ich mich nicht, schaute aufgebracht zu Mo rüber.

Wenn er vor einem stand, merkte man nicht gleich, dass er anders tickte als die meisten. Dass er so un-

glaublich bescheuerte Sachen machen konnte, obwohl er schon zwölf war. Sogar drei Minuten vor mir war er auf die Welt gekommen. Mein zweieiiger Zwillingsbruder. Er sah mir ziemlich ähnlich, wir waren auch fast gleich groß. Aber er trug eine Brille mit dicken Gläsern. Und wenn man ihm eine Frage stellte, konnte man in den vergrößerten Augen sehen, wie sich seine Gedanken bewegten. Langsam wie die Molche im Tümpel, wenn sie sich vor dem Winter im Schlamm eingruben. Manchmal auch blitzartig, kreuz und quer durcheinanderzuckend.

»Ein Zug is' durch meinen Kopf gerast!«, sagte Mo.

»Zum Glück nur das!«, zischte ich, nahm ihn an der Hand und zog ihn bis zu der Stelle, an der ich die Einkaufstasche hatte fallen lassen.

»Du bis' wütend, Kaal Schaller«, stellte er fest. Mit Nachnamen, wie immer, wenn ich mich für ihn zu weit weg anfühlte.

»Klar bin ich wütend!«, rief ich. »Und du trägst jetzt mit.« Schon die ganze Zeit baumelte nur eine leere Tragetasche an seinem Arm, während ich die volle schleppte.

Ich hielt ihm einen Henkel hin.

Bereits nach fünfzig Metern trug ich den Einkauf wieder alleine. Mo brauchte beide Hände, um mir über den Rücken zu streicheln. Das sollte die Entschuldigung für das sein, was er gerade getan hatte. Vielleicht war seine Erinnerung an den Zug aber auch schon verblasst und er wollte einfach nur, dass ich freundlicher guckte.

Wir bogen auf die gepflasterte Dorfstraße, auf der früher Kutschen statt Traktoren gefahren waren. Ich sah schon unsere blaue Haustür und sehnte mich danach, mich in der Küche auf einen Stuhl fallen zu lassen, als Frau Schlüter mit ihrem Dackel von der anderen Straßenseite zu uns rüberkam.

Wenn unsere Nachbarin meinen Bruder sah, lief sie jedes Mal mit gerührtem Blick auf ihn zu, als wäre er ein hilfloser Hundewelpe.

»Na, wart ihr zusammen einkaufen?«, fragte sie.

»Aiaa«, rief Mo so laut, als stünde unsere Nachbarin noch immer auf der anderen Seite.

»Eier!« Frau Schlüter war an seine undeutliche Aussprache schon gewöhnt. Sie schaute in seine Tragetasche. »Ich sehe, ich sehe.«

Dabei gab es da nichts zu sehen. Es lag bloß der Einkaufszettel darin. Den Eierkarton, der oben aus meiner Tasche guckte, übersah sie einfach.

Angespannt ließ ich Frau Schlüters Getue über mich ergehen.

»Toll, wie du deinem Bruder hilfst. Du bist ein richtig großer Junge«, sagte sie zu Mo und lächelte ihn an wie die Verkäuferin vorhin im Laden, überfreundlich und mitleidig zugleich.

»Du bis' ein Idiot!«, rief er ihr direkt ins Gesicht. Kein Stück leiser als eben.

Für einen Moment wusste Frau Schlüter nicht, ob sie weiterlächeln sollte. Und ich kam ihr nicht zu Hilfe, sagte nicht: Er meint das nicht so. Er hat sich nur fast vom Zug überfahren lassen, deshalb ist er ein bisschen verwirrt.

Stattdessen stellte ich die Tasche ab, weil es vielleicht doch noch lustig werden würde.

»Du bis' ein Idiot mit Kasperbacken«, setzte Mo einen drauf und Frau Schlüters rot geschminkte Wangen glühten noch mehr als vorher.

Dafür liebte ich meinen Bruder. Er wusste genau, ob jemand etwas ehrlich meinte. Vor seinem Lupenblick konnte sich niemand verstecken. Und im Gegensatz zu mir hatte er kein Problem damit, alles, was er dachte, einfach rauszulassen.

So einen krassen Satz hatte er unserer Nachbarin aber noch nie entgegengeschleudert. Jetzt kam eben raus, was ich vorhin verbockt hatte. Der »Idiot« war bei ihm hängen geblieben.

»Moritz …«, sagte Frau Schlüter irritiert. Aber dann entschied sie sich, ihn lieber nicht ernst zu nehmen und laut loszulachen.

»Du hast ja recht!«, rief sie und gab vor, über sich selbst den Kopf zu schütteln. Sie schaute noch einmal in seine Tasche. »Bin ich blöd! Da sind ja gar keine Eier drin.«

Ob Erwachsene sich auch manchmal bescheuert fanden? Ob sie wie ich abends im Bett lagen und ins Schwitzen kamen, weil ihnen die peinlichen Momente des Tages einfielen? Ob Frau Schlüter dann darüber nachdachte, dass sie den behinderten Jungen von nebenan vielleicht nicht mehr behandeln sollte wie einen Idioten? Und dass sie seinem Bruder hätte sagen sollen: Wie toll, dass du diese schwere Tasche ganz alleine bis hierher geschleppt hast?

So etwas fragte ich mich, als ich nach der Tasche griff, Mo an die Hand nahm und unsere Nachbarin einfach stehen ließ.

»Habt einen schönen Nachmittag!«, rief sie uns nach.

Zu Hause leerte ich drei Gläser Cola hintereinander und lutschte beim Rühreibraten auf einem Eiswürfel rum. Zum Runterkommen blieb mir keine Zeit. Mo schlug dauernd mit seinem Teller auf den Tisch und rief: »Hungaa, Hungaa, Hungaa, Hungaa!«

Dinge wiederholen, das konnte er echt gut. Worte, Sätze. Auch wenn er etwas gefunden hatte, das einen zum Lachen brachte, wiederholte er es, bis man dachte: Jetzt reicht's, jetzt ist es nicht mehr witzig. Aber er machte trotzdem weiter. Und irgendwann musste man doch wieder lachen, noch mehr als vorher, manchmal auch irgendwie aus Verzweiflung oder weil man sich einfach nicht vorstellen konnte, dass jemand kein Problem damit hatte, einen Witz unendlich oft zu wiederholen.

Genau das machte Mo, als ich das Rührei auf die Teller verteilte. Er fing an, sein Huhn aufzuführen, streckte beim Aufstehen seinen Po nach hinten, bis sein Stuhl umfiel, und flatterte dann mit eingeknickten Armen um den Stuhl herum.

Ich kannte das natürlich. Er führte sein Huhn bei jedem Frühstücksei auf. Und ich dachte ziemlich schnell: Jetzt reicht's echt. Aber Mo hörte mal wieder nicht auf. Er flatterte zu seinem Teller und pickte mit dem Mund nach den Ei-Bröckchen, die an seinen Brillengläsern kleben blieben. Das sah zu blöd aus! Und er gackerte auch noch laut über den Tisch zu mir rüber. Deshalb musste ich grinsen, obwohl ich genau wusste, dass er nicht mehr zu halten war, wenn er mich erst einmal so weit hatte. Mich überkam dieses schön-fiese Gefühl, ein Kribbeln in den Fingern, das mich dazu bringen wollte, auch mal richtig verrückt zu sein. Und plötzlich drückte ich zwei große Ketchup-Teiche auf unsere Teller. Nachdem Mo das Gesicht zum ersten Mal in seinen Teich getunkt hatte und wie ein blutverschmiertes Monster über seine Toastscheibe herfiel, konnte ich nicht anders und machte es genau wie er. Das Ketchup spritzte über den Tisch, lief uns den Hals runter und ich lachte laut los, auch aus Erleichterung, dass Mo nicht vom Zug erfasst worden war. Ich lachte, bis ich mich an den Ei- und Toast-Krümeln verschluckte und er auf den Tisch stieg. Er krabbelte zu mir rüber und rutschte auf meinen Schoß, wobei mein Teller auf den Fliesenboden fiel und in hundert Stücke zerbrach.

»Hab dich lieb! Hab dich lieb!« Fast schrie Mo mir das ins Ohr.

»Ich hab dich auch lieb«, keuchte ich. Und ich meinte es genau so. Trotzdem wurde es mir im selben Moment wieder zu viel. Mo klammerte wie ein Faultier an mir, als ich aufstand und ihn über die Tellerscherben hinweghob. Dabei schnitt mir ein Scherbensplitter in den Fuß. Das Lachen war mir vergangen.

»So. Waschen jetzt«, rief ich ernst und stellte Mo vor dem Spülbecken ab.

Das Spüli, das ich auf seine Hände presste, klatschte er zu Blasen, statt die fettigen Finger unter den Wasserhahn zu halten.

»Hör auf damit!« Mit dem Küchenlappen fuhr ich ihm über seinen gackernden Mund, über sein Ketchup-Gesicht, die Hände, bis er einigermaßen sauber war. Meinen eigenen beschmierten Kopf hielt ich gleich ganz unters Wasser.

Mit tropfenden Haaren nahm ich Mo auf den Rücken, trug ihn an den Scherben vorbei in sein Zimmer, setzte ihn auf den Stuhl vor seinen Schreibtisch, drückte ihm einen Stift in die Hand und knallte ihm eines seiner Übungsblätter hin. Erst da wurde er still.

Ich ließ ihn allein, drehte mich aber im Flur noch mal zu ihm um.

Wenn ich Mo so von hinten sah, hatte ich noch stärker als sonst das Gefühl, *er* könnte *ich* sein, mit den gleichen blonden Haaren, fast der gleichen Frisur wie ich und über das Übungsblatt gebeugt, als säße ich da am Schreibtisch vor meinen Hausaufgaben.

Genauso hätte *ich* auch *er* sein können, wenn in Mamas Bauch damals nicht seine, sondern meine Nabelschnur bei der Geburt zu wenig Sauerstoff durchgelassen hätte.

Jetzt verkrampften Mos Schultern vor Stress und seine Hand hörte mal wieder nicht auf ihn. Er hielt den Stift wie ein Messer in der Faust und zerkratzte das Übungsblatt, bis es zerriss. Er war völlig überfordert.

Mir schossen Tränen in die Augen. Ich wischte sie schnell weg und kniff mir mit dem Fingernagel ins Ohrläppchen, bis es wehtat. Ich hasste Mitleid. Ich hasste es bei der Verkäuferin im Laden und bei Frau Schlüter mit ihrem Hundewelpen-Blick. Am meisten hasste ich es bei mir selbst. Ich wollte kein Mitleid mit Mo haben. Er hatte jeden Tag viel zu viel Spaß, wahrscheinlich mehr als ich. Niemand sollte ihn bemitleiden, nur weil er manches nicht schaffte. Niemand sollte denken, dass man ihn deshalb nicht für voll nehmen konnte.

»Thorsten«, rief er vorwurfsvoll. Das war Papas Name. Der musste immer herhalten, wenn etwas schieflief. »Thorsten!« Er pfefferte den Stift wütend in die Ecke. »Thorsten, Thorsten, Thorsten!«

Ich ging zu ihm, hob den Stift auf und klebte das zerrissene Übungsblatt mit Klebeband zusammen.

Oliver Scherz

Oliver Scherz, geboren 1974 in Essen, ist Kinderbuchautor und war Schauspieler. 2015 wurde er Vorlesekünstler des Jahres. Er lebt mit seiner Familie in Freiburg. Hier könnt ihr mehr über ihn und seine Bücher erfahren: **www.oliverscherz-autor.de**

Sieben Tage Mo

Mo ist Mo. Unberechenbar und unaufhaltsam. Er macht, was er will, und sagt, was ihm in den Kopf kommt. Mit ihm kann man Verrücktes erleben. Und manchmal wäre Karl gern so wie er, so sorglos, so ungehemmt. Oft aber nervt es ihn auch, sich um seinen Bruder kümmern zu müssen, der eine geistige Behinderung hat. Ständig ist er für ihn verantwortlich, gefühlte sieben Tage die Woche. Am liebsten möchte Karl sich freimachen von allem, einfach mit dem Rad durch die Gegend fahren. Oder Nida treffen, die er immer interessanter findet. Um sie zu sehen, lässt er Mo für ein paar Stunden allein. Als er nach Hause zurückkehrt, ist sein Bruder verschwunden …

Mit Bildern von
Philip Waechter

www.thienemann-esslinger.de
THIENEMANN

Den Rest des Nachmittags half ich Mo bei seinen Aufgaben, die ich selbst in weniger als drei Minuten hätte erledigen können. Während Mo beim Denken mit den Zähnen knirschte, machte ich auch meinen eigenen Schulkram, holte den Splitter aus meinem Fuß und fegte die Scherben in der Küche auf.

Dann fütterte ich Fips, den Therapie-Hamster, den Mama für Mo angeschafft hatte, weil er lernen sollte, Verantwortung zu übernehmen. Er fühlte sich bei Fips aber nur fürs Kuscheln zuständig. Die ganze Hamsterarbeit und das Käfigputzen blieben an mir hängen.

Danach wartete ich. Ich wartete, während ich mit Mo Karten ohne Regeln spielte, wartete am Küchentisch, wartete am Fenster.

Die Uhr wollte einfach nicht schneller gehen …

GEWITTERSTIMMUNG

Als Mama um sechs Uhr endlich nach Hause kam, machte ich ihr die Tür auf. Die Klinke behielt ich gleich in der Hand.

»Mein Tag war so anstrengend«, sagte sie und die Handtasche rutschte ihr von der Schulter. »Geht's Mo gut?«

»Hört man doch«, sagte ich. In seinem Zimmer wummerte seine Karnevalsmusik.

Mama ging in die Küche, um ein Glas Wasser zu trinken.

»Danke fürs Einkaufen, Karl. Man kann die Tasche aber auch ausräumen.«

Wenn Mama nach Hause kam, hatte sie meistens noch ihren Krankenschwester-Ton drauf. Nicht den lieben, den sie für Patienten übrig hatte. Den nüchternen, mit dem sie und die anderen Krankenschwestern und Pfleger sich auf dem Flur zuriefen, was alles noch zu tun war.

Ich schnürte mir die Schuhe schnell zu.

»Da ist ja noch ’ne Packung Eis in der Tasche! Mensch. Das ist doch Matsche jetzt. Das muss direkt ins Eisfach!«

»Ach so, ja, Kacke ...«, murmelte ich und hoffte, dass Mama nicht auch noch die Ketchup-Schlieren auf dem Tisch auffallen würden, die beim Abwischen zurückgeblieben waren.

Zum Glück kam Mo gerade aus seinem Zimmer und rannte Mama bei der Begrüßung fast um.

Sie bemühte sich, fröhlich zu lächeln. »Na du?! Hattest du einen schönen Nachmittag? Soll ich dir was vorlesen?«

»Jaaaaaa«, schrie Mo und überfiel sie mit seinen Küssen.

»Ich geh dann mal!« Ich warf die Haustür hinter mir zu und schnappte mir mein Rad.

Ich raste unsere Straße entlang, an dem Bauernhof mit dem Güllegeruch vorbei und weiter in den Wald. Dort stürzte ich mich den Trail runter, den sich die anderen aus dem Dorf gebaut hatten.

Mit aller Kraft trat ich gegen die Mo-Enge an, die mich den ganzen Nachmittag über eingeschnürt hatte und das eigentlich schon tat, seit Mama nach unserem Umzug vor einem Jahr wieder angefangen hatte zu arbeiten. An vier Tagen in der Woche war sie jetzt auch noch für die Kranken in der nächsten kleinen Stadt da. Vier lange Nachmittage hatte ich Mo deshalb an der Backe.

Hinter dem Wald türmten sich schwarz-graue Wolken zu einem Abendgewitter auf. Ich hätte große Lust gehabt, in die Blitze hineinzufahren, mitten in den Sturm, damit mich der kalte Regen vom letzten Rest Enge hätte befreien können.

Aber das Gewitter war noch zu weit weg, auch wenn die Tiere um mich herum schon unruhig wurden und der erste Wind den Staub vom Feldweg fegte.

Ich hielt an, wischte mir den Schweiß aus dem Gesicht und schaute gebannt auf die schwarz-graue Wolkenwand.

Da ahnte ich noch nicht, wie sehr mich die nächsten Tage durcheinanderbringen würden. Dass es mir vorkommen sollte, als würde mich ein Wirbelwind in die Luft drehen, bis ich mich selbst nicht mehr richtig verstand ...

ZWEI WELTEN

Am nächsten Morgen wartete Mo hinter der Haustür wie ein aufgeregtes Grundschulkind.

»Hab ich mein Brot?«, fragte er die Tür.

»Ja, du hast alles«, rief Mama aus der Küche.

»Hab ich mein Trinken?«

»Ja doch, mein Schatz!«

»Is' Wolf dabei?«

»Der hängt wie immer hinten an deinem Rucksack!«

Draußen hupte der Fahrdienst. Mo rannte zu mir, als hätte er eben doch etwas vergessen, und zog mich mit sich.

»Mach's gut, mein Schatz!«

Mama gab ihm einen flüchtigen Kuss auf den Hinterkopf, bevor er die Haustür öffnete und mich zu dem kleinen Transporter zerrte, in dem schon andere aus seiner Schule hinter der aufgeschobenen Seitentür saßen.

»Das is' mein Bruda!«, rief er ihnen zu, obwohl sie das längst wussten. »Mein Bruda!!«

Sein Stolz machte mich verlegen.

»Haaloo Kaal!«, wurde ich mehrfach begrüßt und ein Mädchen wippte heftig in seinem Spezialsitz dazu.

Mo drückte mir seinen Schmatzer auf die Wange und kletterte zu den anderen auf die Rückbank.

Bei der Abfahrt klebte er verdreht am Rückfenster, um mir zuzuwinken, als ginge er auf eine lange Reise.

Ich winkte auch, bis er um die Ecke gebogen war und zu seiner eigenen Schule, seinen eigenen Lehrern, seinen ganz eigenen Mitschülern in seine eigene Welt fuhr.

Kurz darauf brach auch ich in meine eigene Welt auf. Im Schulbus saß ich zwischen all den »Normalen«, deren größtes Problem die Müdigkeit zu sein schien.

Hannes hing neben mir in seinem Sitz, beschwerte sich über den Aufstrich auf seinem Pausenbrot und biss in seine Möhre. Von der Seite sah er aus wie Mos Therapie-Hamster. Der hatte auch Pausbacken und kaute genauso schnell.

»Okay. Erst Kack-Englisch. Dann Kack-Geo. Dann Kack-Reli und Kack-Mathe. Supertag«, sagte er.

»Jep«, stimmte ich zu.

In Englisch waren die meisten noch müde. Aber in Geo ging es dann wieder los und Frau Weimann kam wie immer nicht mit unserer Klasse klar. Vor allem nicht mit Hannes und mir. Sie hatte uns schon vor zwei Wochen in Deutsch auseinandergesetzt, Hannes nach ganz vorne, mich nach ganz hinten.

Als sie sich jetzt zur Tafel drehte, kam Hannes übertrieben heimlich zu mir rüber, was auch die anderen witzig fanden, und setzte sich einfach neben mich.

Wir quatschten sofort los. Ich gab mir nicht mal Mühe zu flüstern. In der Schule hatte ich in letzter Zeit immer öfter Lust, nicht alles richtig zu machen.

Frau Weimann drehte sich um und meckerte uns gleich an: »Was machst du dahinten, Hannes? Könnt ihr beiden nicht *ein* Mal normal sein?!«

Ich klappte meine Augenlider um und schaute extra blöd wie Mo, wenn man mit ihm schimpfte. Da flogen wir raus.

Wir liefen an Frau Weimann vorbei auf den Schulflur und klatschten uns draußen ab.

Statt vorm Klassenzimmer zu warten, rannten wir zum Automaten in der Pausenhalle und zogen uns zwei Riegel. Dabei konnte ich über den Schulhof in die Klasse der C gucken. Da saß das Mädchen mit den rot gefärbten Haaren hinten am Fenster. Obwohl sich der Schulhofbaum blöd in der Scheibe spiegelte, sah ich ein bisschen von ihrem Gesicht …

Auch ein paar Minuten später, als wir wieder in unserer Klasse saßen, hatte ich ihr Gesicht noch vor Augen.

Frau Weimann hatte inzwischen Ländernamen an die Tafel geschrieben, daneben ein paar Hauptstädte.

»Wie heißt die Hauptstadt von China?«, fragte sie.

Hannes meldete sich und sie nahm ihn dran, um ihm eine Chance zur Wiedergutmachung zu geben.

»Sojalecithin«, las er einen Inhaltsstoff von seiner Riegelverpackung ab und bekam wie immer seine Lacher. Ich lachte am lautesten. Und vielleicht wären wir gleich ein zweites Mal rausgeflogen, hätte es in dem Moment nicht geklingelt.

In Reli war ich dann still. Der Laber-Dröhmer ließ uns bei seinen Lebensfragen gerne rumraten, um die Antworten am Ende besser zu wissen. Er war sich auch sicher, dass uns jemand schützend in seinen

Händen hielt und jeden gleich lieb hatte. Ich glaubte ihm kein Wort.

Ich saß hinten an meinem Tisch, versuchte unsichtbar zu sein und hoffte, dass nie das Thema »Behinderung« drankam. Mir konnte keiner erzählen, dass irgendein Gott den Sauerstoff bei Mo nur aus Freundlichkeit abgedrückt hatte. Und wenn der Laber-Dröhmer behaupten würde, auch das mal wieder besser zu wissen, würde ich ihn vielleicht anschreien oder vor ihm heulen müssen. Das wollte ich auf keinen Fall.

In Mathe schließlich hing ich mit dem Kopf auf dem Tisch. Die Mo-Müdigkeit kroch langsam in mir hoch, breitete sich bis in die Fingerspitzen aus und lähmte mich schon, bevor ich überhaupt zu Hause war.

Im Bus zurück schaute ich aus dem Fenster über die Felder. Die mochte ich hier wirklich. Wenn ich an denen vorbeifuhr, konnten meine Gedanken aufsteigen und vor sich hin schweben wie die Bussarde da draußen.

Ich hätte einfach so weiterfahren können.

Als wir an unserer Kreuzung ausstiegen, fragte Hannes, ob ich auch zum Bolzplatz kommen würde.

»Nee. Muss auf Mo aufpassen«, sagte ich.

»Nur 'ne Stunde.«

»Geht nicht.«

Er verdrehte die Augen. »Hast du irgendwann auch mal Zeit?« Aus seinem Blick war alle Witzigkeit verschwunden.

Das kannte ich von ihm schon. Wenn etwas nicht

lief, wie er es wollte, wurde er patzig. Wie bei seinem Brotaufstrich, der oft im Mülleimer landete.

»Dauernd kommt uns dein Bruder dazwischen«, sagte er.

»Kann ich ja nichts dafür. Mo braucht mich halt.«

»Soll sich deine Mutter doch um ihn kümmern. Ist doch *ihr* Job.«

»Ihr Job ist Krankenschwester. Und in dem Kack-Dorf hier gibt's niemanden für 'ne anständige Betreuung. Ich kann das sowieso am besten.«

»Machst du das etwa freiwillig, oder was?«

»Stell dir vor. Ich helf zu Hause mit.«

Hannes schüttelte den Kopf. »Versteh ich nicht. Aber meinetwegen. Dann macht mal was Schönes zusammen ...«

Er schlug mit seiner Faust gegen meine, bevor er Richtung Neubausiedlung ging.

Ich schaute ihm hinterher. Wollte ich mit ihm tauschen? Keine tausend Pflichten haben, Mo nicht an der Backe, dafür aber in ein Haus kommen, in dem es komisch still war, wenn wir nicht gerade an Hannes' Computer zockten, und auch ziemlich kühl, nicht nur wegen der Klimaanlage?

Kurz vor der Ecke, an der er immer abbog, warf Hannes den Apfelrest aus seiner Brotbox in einen

Briefkasten. Und ich schlurfte los, die Straße runter zum alten Teil des Dorfs, in dem wir wohnten, meinem Nachmittag mit Mo entgegen …

EIN GANZ NORMALER NACHMITTAG

Mo und ich aßen Nudeln, quatschten dabei ein bisschen und lutschten zum Nachtisch gefrorene Himbeeren. Nichts Besonderes. Alles ganz normal. So normal wie bei anderen auch.

Satt und zufrieden schlenderte Mo in sein Zimmer und ich machte bei mir oben meine Hausaufgaben.

Dann aber musste ich zu ihm runter, weil Fips ihm entwischt war und sich unterm Bett verkrochen hatte.

Drei Mathe-Aufgaben später glotzte Mo mir schnaufend über die Schulter und wusste nichts mehr mit sich anzufangen. Ich brachte ihn dazu, meine Socken ineinanderzustopfen. Mama legte sie mir immer vor den Schrank, weil sie fand, im Gegensatz zu Mo könnte ich das selbst machen. Dann ließ ich ihn in der Küche die Rosinen aus der Müslipackung picken, die ich am liebsten pur aß. Das gab mir weitere zehn Minuten, bis er schließlich dahinterkam, dass ich ihn nicht nur mit Schwachsinn beschäftigte, sondern auch noch ausnutzte.

Von da an wollte er nichts mehr von dem machen, was ich ihm vorschlug.

»Mo will zu Mu«, sagte er stattdessen.

»Da hab *ich* heute keinen Bock drauf«, erwiderte ich. »Putz halt mal den Käfig von Fips oder so.«

Er zog sich einfach die Schuhe an.

»Du kannst nicht alleine dahin.«

»Wohl«, behauptete er, holte sich die Zuckerdose vom Tisch und stopfte sie in seine Trainingsjacke.

»Kühe essen keinen Zucker!«

Mo lief aus der Haustür und ich musste ihm nach.

Beim hinteren Gartentor holte ich ihn ein. »Lass uns woanders hingehen. Ich geb dir auch was beim Kiosk aus«, sagte ich. Aber keine Chance. Er stapfte weiter die Weide zum Hof vom Bauern Schulte hoch. Seine Energie konnte mich genauso fertig machen wie seine Langweile! Keuchend schleppte ich mich hinter ihm her.

Den Bauern mochte ich nicht, weil er Mo nicht mochte. Ich lotste meinen Bruder lieber hintenherum in den riesigen, offen stehenden Kuhstall, damit uns niemand bemerkte.

Er rannte zu den Kälbern und steckte seinen Kopf durchs Gatter, um sich von ihren langen Zungen das Gesicht ablecken zu lassen. So weit konnte er meinetwegen gehen.

Ich bekam erst zu viel, als er den Zucker ins Futterheu kippte.

»Hör auf!«, rief ich, da war die Zuckerdose schon leer und er schaufelte das Heu auf die Köpfe der Kühe. Er lief die ganze Futterrinne entlang.

»Die kommen da doch selbst dran. Das reicht jetzt, Mo!«, zischte ich.

Zum hundertsten Mal hielt ich zur Hofseite nach dem Bauern Ausschau. Und da dachte ich auf einmal: Was hab ich eigentlich damit zu tun? Warum muss ich Mo ständig was verbieten wie ein Erwachsener? Da hab ich keinen Bock mehr drauf. Mo ist Mo und Karl ist Karl.

Ich steckte meine Hände in die Hosentaschen und sah zu, wie Mo über die Futterrinne hinweg aufs Gatter stieg und die Kühe anmuhte. Er warf den Kopf in den Nacken, rüttelte am Gatter und grölte zur Stalldecke rauf. Ich versuchte, locker zu bleiben, während er noch mehr ausflippte und die Tiere in weniger als einer halben Minute dazu brachte, sich gegenseitig mit ihrem Gebrüll anzustecken.

Inzwischen schlug Mo seine Trainingsjacke auf die Eisenstange und sein selbst bemaltes Unterhemd leuchtete wie ein explodierter Regenbogen grell und bunt vor den braunen Kühen auf.

Jetzt musste ich doch lachen. Über Mos Verrücktheit, über das ganze Chaos. Aber nur, bis die Stimme des Bauern vom Hof her alles übertönte. Da wusste ich natürlich wieder, dass *ich* es war, den der Bauer am Arm packen und durchrütteln würde. *Mich* würde er für alles verantwortlich machen. Karl war eben doch auch Mo.

»Los, wir hauen ab!«

Ich rannte zur hinteren Stallöffnung zurück und hoffte, Mo würde mir folgen. Tat er aber nicht. Er hielt sich weiter grölend am Gatter fest, als der Bauer von der Hofseite reinkam. Schnell drückte ich mich hinter den Metallpfeiler bei den Kälbern.

»Du bist das, du Depp!«, rief der Bauer, als wäre Mo eines seiner Tiere. »Verzieh dich!«

So behandelten manche Leute meinen Bruder, wenn sie glaubten, er sei alleine.

Ohne groß nachzudenken, zog ich die Schiebetür bei den Kälbern auf. Das Rattern ging zum Glück im

Gebrüll der Kühe unter. Gleich darauf flohen die Kälber an mir vorbei aus der Halle ins Freie.

»So eine Scheiße! Hast auch noch das Gatter aufgemacht, ja?!«, fuhr der Bauer Mo an. Er rannte den Kälbern fluchend nach und an mir vorbei, sah nicht, dass ich mit angehaltenem Atem hinter der aufgezogenen Schiebetür hockte.

Ich sprintete zu Mo und kitzelte ihn unter den Armen, um ihn vom Gatter loszueisen, zog ihn dann zur Hofseite hinter mir her und stolperte mit ihm aus dem Stall, quer über den Hof, aus dem großen Tor raus und die Weide runter.

Erst bei der Kuhtränke hielten wir an.

»Das war laaaaaaaaaaut!« Mo strahlte.

»Dem Arsch haben wir es gezeigt«, sagte ich und ließ mich ins Gras fallen.

Nach einer Weile zog ich mir die Schuhe aus und setzte mich auf den Rand der Tränke. Das kalte Wasser tat meinen Füßen gut. Mo setzte sich neben mich und hielt seine Füße in Schuhen rein.

Brüderlich teilten wir meine letzten Kaugummis und schmatzten zusammen.

»Was machen wir jetzt?«, fragte Mo.

Unglaublich. Die Stallaktion war keine zehn Minuten her, und schon brauchte er was Neues.

»Du bist echt krass«, stöhnte ich und schloss die Augen.

Die Sonne schien orange und warm durch meine Lider. Ich stellte mir vor, was ich alles machen würde, wenn Mo nicht bei mir wäre. In mir gab es einen Wunsch-Stau, der mindestens so lang war wie die Autoschlange vor der Stadt, wenn Mama mal nur mit mir zum Einkaufen reinfuhr und genau dann nichts mehr vor und zurück ging.

Blinzelnd schaute ich zum Bolzplatz rüber, auf dem die anderen Fußball spielten und über dem eine Staubwolke aufstieg.

»Was machen wir jetzt?«, fragte Mo schon wieder.

Heute hatte ich genug für ihn getan, fand ich. Außerdem musste ich an Hannes' Enttäuschung von vorhin denken.

Ich sprang auf, um in meine Schuhe zu schlüpfen. Und obwohl ich Mo nicht gerne zu den anderen mitnahm, zog ich ihn das letzte Stück zur Dorfstraße runter, wie er mich vorhin zum Bauern Schulte hochgezwungen hatte.

Beim Bolzplatz pflanzte ich ihn auf die Bank am Rand.

»Du bleibst hier sitzen. Mehr nicht. Einfach nur sitzen bleiben und zugucken, ja?«

Auf eine Antwort wartete ich erst gar nicht und rannte zu Hannes' Mannschaft auf den Platz.

»Cool, dass du doch kommst!«, sagte er außer Atem, schaute aber irritiert zu Mo rüber. Dann ging es schon weiter.

Hannes und ich passten uns übers ganze Feld zu und ich schoss direkt zwei Tore. Das Gewühl auf dem Bolzplatz packte mich voll und mir tropfte der Schweiß vom Gesicht. Ich grätschte über den Boden, wischte die dreckigen Hände an meinem T-Shirt ab, hetzte vor und zurück und schoss das Metallgitter hinterm Tor zittrig, als müsste ich die vielen verpassten Spiele nachholen. Ich vergaß alles um mich herum, bis Mo aufs Feld lief, einem Mädchen aus unserem Team den Ball vor den Füßen wegschnappte und ihn sich unter den Arm klemmte. In seinem Trainingsanzug stand er da wie ein Sportlehrer, der gerade mit einer neuen Ansage das Spiel zerstört hatte. Er hob den Ball über den Kopf wie beim Einwurf, warf ihn sich vor die Füße und lief mit ihm Richtung Tor. Einen Gegenspieler hatte er nicht. Die anderen hatten das Spielen eingestellt, guckten betreten zu Boden oder entnervt in den Himmel.

Kurz vor dem Tor stolperte Mo über seine eigenen Füße und flog hin. Keiner kam ihm zu Hilfe, keiner hob seine Brille auf. Auch ich nicht. Warum konnte er nicht ein einziges Mal auch mir meinen Spaß lassen? Warum musste er sich immer in den Mittelpunkt drängen?!

»Oh Mann, ey, kann der nicht einfach mal weg«, nuschelte Hannes neben mir.

Ich riss den Kopf herum und starrte ihn an. So etwas durfte *ich* vielleicht *denken*. Aber niemand durfte so etwas sagen! Auch Hannes nicht.

»Der stört einfach«, meckerte er wirklich vor mir rum, als wäre Mo der Käse auf seinem Pausenbrot.

Da knallte es in mir durch. Ich machte zwei Schritte auf ihn zu und stieß ihn zu Boden. Er prallte hart auf, stand aber gleich wieder und haute mir eine runter. Ich fühlte, wie mir der Dreck von seiner aufgeschürften Handfläche die Wange aufkratzte.

»Spinnst du?«, keuchte er.

Er verstand es eben nicht. Er hatte ja auch keinen behinderten Bruder. Hatte überhaupt keine Geschwister. Was wusste er schon?!

Manchmal wünschte ich mir, ich wäre nicht neben Hannes gesetzt worden, als ich neu in die Klasse gekommen war.

Ich sah mich um: Von den anderen kamen nur peinliches Schweigen und vorwurfsvolle Blicke. Als hätte ich, der Kümmerer-Bruder, den ganzen Scheiß mal wieder verbockt.

»Du musst ihn ja nicht überallhin mitschleppen!«, sagte Hannes.

»Doch!«, schrie ich.

Und fast hätte ich ihn ein zweites Mal zu Boden geworfen.

Stattdessen lief ich zu meinem Bruder und hob jetzt seine Brille auf. Wenigstens war sie heil geblieben.

Mo sprang mir auf den Rücken und vergrub sein Gesicht in meinem Nacken. Dann machte ich mich unter den stummen Blicken der anderen mit meinem Gepäck davon.

DAS LEUCHTEN DER STADT

Als Mama am Abend zurückkam, bemerkte sie gleich den kleinen Kratzer auf Mos Stirn.

»Was hast du denn da gemacht?«, fragte sie.

»Fußball gespielt«, sagte Mo.

»Warst du mit Karl auf dem Bolzplatz, ja?«

Mo schüttelte den Kopf. »Mit allen!«, rief er.

Mamas Blick hellte sich auf. »Mit allen?« Sie sah kurz zu mir.

Ich zuckte mit den Schultern.

»Das ist ja toll! Ein richtiges Spiel!«, rief sie. »Das könnt ihr dann ja öfter zusammen machen.«

Sie holte die Eispackung aus dem Tiefkühlfach und stellte sie auf den Tisch, als gäbe es was zu feiern.

»Ich muss noch mal raus«, sagte ich.

»Aber es gibt Eis!«

»Nachher.«

Ich stand schon in der Haustür.

»Schuhe?«

»Brauch ich nicht.«

Ich rannte zu meinem Rad, sprang auf und raste mir die Wut über Hannes, das Fußballspiel und Mo aus den Beinen. Die kleinen Zacken der Pedale pikten mir dabei in die nackten Fußsohlen.

Beim matschigen Trail saute ich mich ein, legte mich in einer Kurve flach und blieb eine Weile im Dreck liegen. Vorsichtig strich ich über die Schrammen von Hannes' Schlag auf meiner Wange. Wieso hatte Mama die nicht bemerkt, dafür aber Mos kleinen Kratzer?

Ich stieg wieder aufs Rad und kämpfte mich durch den Wald nach oben bis zur Hügelkuppe, auf der der Aussichtsturm stand. Dort lief ich die Treppen hoch, setzte mich auf die Brüstung der Aussichtsplattform und schaute in die Ferne.

Das mit dem Bolzplatz hätte ich gerne Papa erzählt. Oder eigentlich auch nicht. Ich wollte nicht so oft an ihn denken. Aber man sah vom Turm aus weit hinten die Lichter des Flughafens, wenn es dunkel wurde. Manchmal flog Papa nur einmal im Monat zu uns. Den Rest der Zeit war er für eine Firma unterwegs, Staudämme bauen, in Südamerika oder sonst wo. Wenn er zurückkam, brachte er Geschenke mit. Für mich blieb er trotzdem so weit weg wie das Flughafenleuchten dahinten.

Ich spuckte in die Tiefe und spürte das Ziehen im Bauch. Es ging echt weit runter.

Dann steckte ich mir meine Knopfhörer ins Ohr, hörte meine Musik und dachte an gar nichts mehr.

Als ich das Rad schließlich durch den Wald zurück schob, war es schon ziemlich dunkel. Ich hatte es trotzdem nicht eilig. Obwohl ich barfuß unterwegs war, lief ich nicht auf dem Asphaltweg, sondern die Böschung durch Laub und über Äste runter.

Ich hob mein Rad gerade über einen umgestürzten Stamm, da schreckte ich zurück und ließ es fallen: Neben mir stiegen kleine Schatten aus der Böschung auf, ganz plötzlich, direkt aus dem Boden! Und es wurden immer mehr. Sie schwirrten um mich herum, jagten lautlos über meinen Kopf hinweg ... Fledermäuse, es waren schwarze Fledermäuse!

Geduckt sah ich ihnen hinterher, bis sie zwischen den Bäumen davongeflogen waren.

Nach einer Weile machte ich die Handylampe an und wagte mich zu der Stelle vor, an der die Tiere aufgetaucht waren. Ich entdeckte eine schmale Öffnung, einen Spalt in der Böschung, lang wie mein Arm und zwei Hände breit. Den hatte ich vorher nicht gesehen. Als ich mich an der unteren Kante festhielt, um vorsichtig hineinzugucken, brach ein ganzes Stück Erde weg und aus der schmalen Öffnung wurde ein größeres schwarzes Loch. Ich leuchtete hinein und sah in einen Stollen, der weiter in den Hang führte, als das Licht meiner Lampe reichte. Ein kühler Windhauch kam mir entgegen und ich wich ein Stück zurück. Wahrscheinlich hatte ein Erdrutsch den Eingang irgendwann verschüttet.

Mit den Händen schaufelte ich Laub und Erde weg, und die Reste einer halb eingefallenen Ziegelsteinmauer kamen hervor. Der Stollen musste einmal zugemauert worden sein. Ich trat gegen den Mauerrest und ein paar Ziegel fielen zu den anderen Steinen, die schon im Inneren des Stollens auf dem Boden lagen.

Das war ein cooler Ort. Der konnte meine Nachmittage mit Mo verkürzen. Das hier war besser als Kühe füttern oder Karten ohne Regeln spielen. Mit Mo zusammen würde ich mich da vielleicht reintrauen. Der kannte keine Angst, vor gar nichts.

Mit ein paar Ästen verdeckte ich das Eingangsloch. Dann raste ich die Böschung mit dem Rad runter, als würde ich von Fledermäusen verfolgt.

Zu Hause wartete Mama schon auf mich.

»Wo warst du? Karl, echt! Wenn du alleine so lange abhaust … das gefällt mir nicht. Ist doch schon dunkel draußen.«

Dass Mama sich Sorgen um mich machte, brachte mich zum Lächeln.

»Findest du das witzig?«

»Quatsch, Mama.«

»Der Bauer Schulte von oben war vorhin bei mir.

Der hat sich beschwert, dass Mo seine Tiere verrückt gemacht hat und einer auf ihn aufpassen soll. Du warst doch die ganze Zeit bei ihm?«

»Der Bauer ist ein Arsch«, gab ich zurück und aß die kalten Nudeln aus dem Topf, der noch für mich auf dem Tisch stand.

»Du hast Mo nicht aus den Augen gelassen, oder?«

»Doch klar. Ich mach eigentlich immer nur mein Ding und schick Mo alleine zum Bauernhof rauf.«

»Schon gut«, sagte Mama. »Geht da einfach nicht mehr hoch, okay?«

Ich nickte, und zum ersten Mal heute sah sie mich genau an.

»Ist eigentlich alles in Ordnung bei dir?«

»Ja, ja«, antwortete ich nur.

Wenn ich erst einmal angefangen hätte aufzuzählen, was nicht in Ordnung war, wäre alles übergekocht. Da war ich mir sicher. Ich wollte lieber ins Bett.

Aber vorher sagte ich Mo noch Gute Nacht. Das machte ich jeden Abend, selbst wenn ich sauer auf ihn war.

»Ich hab einen echt coolen Ort entdeckt«, flüsterte ich. »Den muss ich dir mal zeigen.«

Mo schlief schon fast und bekam die Augen kaum auf.

»Frau Schlüter soll auch mal ins Tor«, murmelte er abwesend.

Ich grinste überrascht und konnte ihm im selben Moment den Fußballauftritt verzeihen.

»Da hast du recht! Und dann knallen wir ihr einen drauf!«

Er atmete tief aus.

»Schlaf gut«, sagte ich. Da schlief er schon.

DIE KRÄHE IM BAUM

Am nächsten Tag saßen Hannes und ich im Bus wie immer nebeneinander. Aber wir redeten kein Wort.

Ich blätterte mein Bike-Heft durch und Hannes nagte an seiner Möhre, bis der innere Stiel mit den Möhrengräten aussah wie ein orangefarbenes Fischskelett.

Bei Frau Weimann in Deutsch waren wir dann auffällig ruhig, und zwischen Deutsch und Mathe gingen wir uns aus dem Weg.

Aber in der ersten großen Pause brauchten wir uns schon wieder. Wir hingen bei der Tischtennisplatte ab, auf der wir normalerweise spielten.

»Ist doch blöd«, sagte Hannes schließlich. »Ich gewinn gegen dich auch mit kaputter Hand.«

Er holte den alten, vergammelten Schulfußball

aus dem Gebüsch und ich wischte einen Ast von der Platte.

Wir schlugen heftiger auf den Ball ein als sonst, sodass er krachend gegen das Eisennetz knallte. Wenn wir ausrutschten oder die Platte nicht trafen, fluchten wir laut. Wir wollten beide unbedingt gewinnen.

Am Schluss war unsere Wut genauso verpufft wie die Luft im kaputten Schulfußball, der einfach auseinanderflog, bevor das Spiel zu Ende war.

Wir fielen auf eine der Bänke und spritzten uns Wasser aus unseren Trinkflaschen ins Gesicht. Hannes' Pausbackenlächeln kam zurück und die Schrammen auf meiner Wange taten eigentlich kaum noch weh.

Zusammen guckten wir über den Schulhof und teilten uns einen seiner Schoko-Riegel.

»Wie findest du die?«, fragte ich irgendwann.

»Ich mag die Nuss-Riegel lieber«, sagte Hannes.

»Ich mein die mit den roten Haaren.«

Hannes folgte meinem Blick.

»Keine Ahnung«, sagte er. »Ist die nicht in der C?«

Ich nickte. Sie hatte auch schon mal grüne Haare gehabt und war die Einzige aus der Sechsten, die sich so was traute.

»Findest du die etwa toll?«

»Ich mag, wie die lacht«, sagte ich.

Ihr Lachen hörte sich anders an als bei den Mädchen aus unserer Klasse. Weniger überdreht. Es kam mir viel echter vor. Ich schloss die Augen und versuchte, es aus dem Schulhofgeschrei herauszuhören.

Hannes stieß mich an und zeigte auf eine Krähe in unserem Schulhofbaum. »Ich weiß was: Wenn die mit den roten Haaren der Krähe da oben das letzte Stück von ihrem Pausenbrot hinwirft, musst du sie ansprechen.«

Er grinste über seine Quatsch-Idee und hielt mir seine Hand hin. Ich fand's lustig und schlug ein.

Und damit war's auch gleich wieder vergessen.

Wir redeten übers Biken und über die Filme, die Hannes auf seiner Heimkino-Leinwand schon gesehen hatte. Wir lachten zusammen, als wäre gestern nichts gewesen.

Beim Pausengong fragten wir uns, ob wir in der nächsten Stunde zu spät kommen sollten. Wir blieben noch sitzen und ich schaute dem rothaarigen Mädchen nach, das mit seinen Freundinnen zum Haupteingang lief.

Und plötzlich krächzte die Krähe ihnen aufgebracht hinterher. Das Mädchen blieb stehen, drehte sich um, hielt ihr das letzte Stück Pausenbrot hin und warf es dann unter den Baum. Das wollte ich nicht glauben.

Hannes hatte es auch gesehen und sprang von der Bank auf.

»Krass!!«, rief er und klatschte in die Hände. »Total krass!« Er führte einen peinlichen Tanz auf. »Du weißt, was du jetzt zu tun hast!«, sagte er verschwörerisch.

»Klar. Krieg dich mal ein«, zischte ich. Ich bekam einen trockenen Mund und nahm einen Schluck aus meiner Wasserflasche. Dabei sah ich der Krähe nach, die mit dem Brotstück im Schnabel über dem Schuldach verschwand.

Die nächsten Stunden verbrachte Hannes damit, mich aufzuziehen. Er malte ein rotes Filzstiftherz auf ein Blatt und hielt es von der ersten Reihe aus nach hinten zu mir hoch, sodass sich alle aus der Klasse umdrehten und ich kopfschüttelnd abwinken musste.

Dann kritzelte er Zettel voll, die er zu mir rüberwarf. *Es gibt kein Zurück mehr!*, stand drauf. Oder: *Zieh den Auftrag durch!*

In der Fünf-Minuten-Pause krächzte er mir wie eine Krähe ins Ohr und zog seine Augenbrauen wichtig nach oben, bis ich ihm auf den Arm boxte. Erst da ließ er endlich locker.

Später, nach der Schule, standen wir noch kurz zusammen an unserer Dorf-Kreuzung.

»Dann wohl bis morgen …«, sagte Hannes.

»Ja, bis morgen.«

»Viel Spaß mit deinem Bruder.«

Hannes gab sich Mühe, nett zu klingen, wirkte aber beleidigt, weil ich wie immer keine Zeit hatte.

Und irgendwie stand Mo wieder zwischen uns.

IM STOLLEN

»Kaal! Sag schon! Wo geh'n wir hin?«, fragte Mo.

»Das wirst du gleich sehen …« Mehr ließ ich nicht raus.

Die Stelle, an der man vom Weg abgehen musste, hatte ich mir genau gemerkt. Wir kraxelten die Böschung hoch und ich brauchte nicht lange zu suchen, bis ich den Eingang wiederfand.

»Jetzt pass auf!« Wie ein Zauberer zog ich die Äste weg, mit denen ich ihn verdeckt hatte, und Mo staunte über das große Loch, das sich vor ihm auftat. »Cool, oder?«

Ich trat den Rest der Mauer noch weiter ein und vergrößerte das Loch, indem ich die Erde von den Seiten wegbrach.

Der kühle Luftzug aus dem Inneren des Stollens streifte mein Gesicht. Mir wurde kalt im Nacken.

Und auch wenn der Eingang mitten am Tag weniger düster wirkte, hatte ich nichts dagegen, dass Mo vor mir die ersten Schritte über den Ziegelsteinhaufen machte.

»Boaaah! Die is' dick!« Er nahm eine Spinne von der Stollenwand und hielt sie mir direkt vors Gesicht.

»Nee, lass mal, Mo, echt!« Ich wich extra erschrocken zurück und er hatte seinen Spaß dran, wollte mich mit einem röchelnden Grummeln noch mehr erschrecken.

»Nicht so laut. Irgendwo dahinten schlafen Fledermäuse.«

»Wo?« Mo ließ die Spinne fallen und lief sofort tiefer in den Stollen hinein.

Der Boden war voller Steinschutt und es gab auch ein paar Knochen.

»Die sind vielleicht von 'nem Hasen«, flüsterte ich.

»Der is' aber tot«, stellte Mo traurig fest.

Der Stollen war ziemlich grob in den Fels gehauen. Aus den Wänden ragten überall scharfkantige Steine heraus.

Schon bald konnte ich die schwarzen Umrisse der ersten Fledermäuse erkennen, die von der Decke herabhingen. Wenn man weiterlaufen wollte, musste man den Kopf einziehen, um sie nicht zu berühren.

Wie tief ging es hinter ihnen wohl noch in den Hügel hinein? Aus der Dunkelheit hörte man nur das Tröpfeln von Wasser …

»Schhhhhh«, machte Mo laut. Er hatte die Fledermäuse auch entdeckt und hielt sich den Zeigefinger vor den Mund.

In seinem Gesicht erkannte ich überhaupt keine Furcht, nur die Sorge um den Schlaf der Tiere. Auch gut. So ließ er sich ohne Probleme davon überzeugen, dass wir umkehren sollten.

Am Eingang des Stollens lag ein breiter Felsbrocken, wie für uns hingepflanzt. Wir setzten uns drauf und ich holte die Süßigkeiten aus meinen Taschen, die ich aus dem Küchenschrank hatte mitgehen lassen. Ich deckte damit die Steinfläche zwischen uns wie einen Tisch. Und dann saßen wir zusammen da und futterten.

Das war ein cooler Platz. Im Rücken hatte man den Grusel durch die Fledermäuse und die Dunkelheit. Und von draußen kam die Hitze gerade weit genug rein, dass sie sich angenehm mit dem kühlen Luftzug aus dem Inneren mischte.

»Sag mal, wie würdest *du* eigentlich ein Mädchen ansprechen, das du magst, aber noch nicht kennst?«, fragte ich irgendwann. Vielleicht, weil Mo schon eine

Freundin hatte, ein Mädchen mit Down-Syndrom, das auch auf seine Schule ging.

Er überlegte erst gar nicht und drückte mir einen seiner dicken Schmatzer auf die Wange.

»So«, sagte er.

Ich wischte seine Schoko-Spucke ab.

»Wie: so? Das ist doch Quatsch, Mo. Man küsst ein Mädchen nicht direkt.«

»Doch, ja!«

Er sagte das todernst und ich verschluckte mich beim Lachen.

»Hast du Lara etwa auch schon geküsst?!«, rief ich.

»Ich heirat' Lara bald.«

»Klar doch. Erst küssen, dann heiraten.«

»Jaa«, sagte Mo trocken.

Wieder musste ich lachen.

Manchmal wünschte ich mir, ich könnte alles genauso einfach sehen wie er. Ohne dauerndes Rumgehirne.

Ich verpasste ihm auch einen dicken Schmatzer.

»Du bist eben klüger als ich!«, gab ich zu.

»Jaa.«

Mo nickte übertrieben, und grinsend zogen wir uns weiter Süßigkeiten rein.

Das hier war wirklich ein Ort für uns. Von außen

sah uns niemand, kein Spaziergänger, keiner aus dem Dorf. Blöde Blicke trafen uns hier nicht, auch keine Sprüche. Dafür konnten wir uns Dinge sagen, die außer den Fledermäusen niemand hörte. Und selbst die schliefen ja.

Ich lehnte meinen Kopf an Mos und wir beobachteten aus unserem Eingangsloch, wie die Vögel und Insekten draußen an uns vorbeirasten.

Später, als wir aus dem Wald kamen, sah ich die Staubwolke über dem Bolzplatz. Für einen Moment fühlte es sich an, als hätte ich mich eben mit Mo im Stollen verkrochen. Verkrochen und versteckt vor den anderen, statt mit ihnen zu spielen.

Aber heute wollte ich den Bolzplatz nicht vermissen. Dafür lief der Nachmittag zu gut.

KACKETÜTCHEN

Zu Hause ging Mo gleich in sein Zimmer, um in seiner Kiste mit Comic-Figuren zu wühlen, und ich blätterte am Küchentisch in meinem Bike-Heft. Hin und wieder schaute ich durch die offen stehenden Türen zu ihm rüber und beobachtete, wie er breit lächelnd zwischen seinen Helden saß und mit ihnen redete.

Die Nachmittagssonne schien durchs Fenster und ich war so glücklich über den Frieden zwischen uns, dass ich kurz davor war einzuschlafen.

Dann klingelte es.

Ich drückte mich schläfrig vom Stuhl ab und schlurfte zur Haustür.

Frau Schlüter stand mit ihrem Dackel auf der Matte und platzte mit ihrer fröhlichen Freundlichkeit in unseren Nachmittag.

»Hallo Karl. Du, ich dachte mir, dass dein Bruder vielleicht Lust hätte, mit Evi spazieren zu gehen.«

Nee danke, wollte ich gleich sagen, der braucht keinen Dackel, der hat schon einen Therapie-Hamster. Außerdem sitzt er gerade gemütlich und zufrieden in seinem Zimmer.

Aber da kam Mo bereits angerannt. Er ließ sich vor dem Hund auf die Knie fallen und küsste ihn so überschwänglich ab, dass Frau Schlüter kurz erschrocken zusammenzuckte.

Vielleicht würde sie jetzt gehen, hoffte ich. Stattdessen setzte sie ihren Welpen-Blick auf.

»Na, du Großer?«, sagte sie zu Mo und hielt ihm die Leine hin. »Willst du vielleicht mit meiner Evi spazieren gehen?«

»Jaa!«, rief Mo.

»Ich weiß nicht ...«, sagte ich.

So, wie er nach der Hundeleine grapschte, war klar, dass es mit der schönen Ruhe vorbei sein würde. Ich wollte zurück zu meinem Bike-Heft, wollte bloß, dass Mo blieb, wie er gerade eben gewesen war. Auf keinen Fall wollte ich mit ihm im Dorf rumlaufen, als würde ich neben einem Dackel auch meinen Bruder spazieren führen.

Frau Schlüter war das natürlich egal. Sie verstand

überhaupt nicht, wozu sie mich zwang und was sie zerstörte.

Mo lief schon barfuß mit Evi los und mir blieb nichts anderes übrig, als ihm und dem Dackel zu folgen.

Frau Schlüter reichte mir noch schnell die Rolle mit den Kacketütchen und ich grapschte sie ihr genauso grob aus der Hand, wie Mo das bei der Leine gemacht hatte.

»Passt aber schön auf«, gab sie mir mit und schaute uns halb besorgt nach.

Ich trottete neben Mo her, der dauernd zu laut sagte, wie gut Evi etwas machte. Dass sie gut lief, gut ihre Zunge rausstreckte, gut mit dem Schwanz wedelte. Im Stollen war er mir fast weise vorgekommen. Davon war nichts übrig geblieben.

An der ersten Straßenecke pinkelte Evi neben den Laternenpfahl. Das war Mo aber nicht genug. Er drückte an ihrem Bauch herum und ihren Po nach unten.

»Mach! Mach!«, rief er.

»Ein Hund kackt nicht auf Kommando«, sagte ich.

Das wollte er nicht einsehen. Da nichts mehr aus dem Dackel herauskam, zerrte er ihn vor den nächsten Gartenzaun.

»Dann hier!«, befahl er.

Evi sah nur gelangweilt zu ihm auf und Mo biss sich in den Handrücken. Ein sicheres Zeichen für aufkommende Wut. Die konnte ihn überfallen wie eine Sturzflut.

»Du dummer Hund! Du bis' dümmer als 'ne Brillenschlange! Du Spinner! Kannst du nur bis eins zählen?! Du Depp!«

Da musste mal wieder alles raus, was ihm selbst an den Kopf geworfen wurde.

»Komm, Mo, komm schon. Alles gut.« Ich legte eine Hand auf seine Schulter.

Aus dem Augenwinkel sah ich an einem Fenster ein Mädchen stehen, das auf ihn glotzte. Als es meinen Blick bemerkte, verschwand es schnell hinter dem Vorhang.

Zum Glück machte Evi dann doch noch ihren Haufen und Mo auf einen Schlag glücklich. Nachdem er die Wurst ganz alleine mit einem Tütchen aufgesammelt hatte, wollte er das auch bei jedem alten Hundehaufen wiederholen, den Evi am Straßenrand aufspürte.

Die ganze Dorfstraße arbeiteten wir uns rauf und runter. Nach dem sechsten Tütchen fiel ich fast um vor Langeweile und Ekel. Wir waren zurück vor unserem Haus und Mo gab sich gerade Mühe, eine alte, bröselige Wurst bröckchenweise mit einem Stock in das siebte Tütchen zu hebeln, da musste ich mich retten.

»Bin mal kurz auf'm Klo«, sagte ich. Ich hatte Evi so oft beim Pinkeln zugeschaut, dass ich auch wirklich dringend musste. »Bin gleich wieder da.«

Als ich fertig gepinkelt hatte, blieb ich weiter auf dem Klo sitzen und starrte aufs Muster unseres Duschvorhangs. Das war überlebenswichtig: einfach mal kurz auf der Toilette abhängen.

Ich hörte Evi bellen, während ich darüber nachdachte, wie das rothaarige Mädchen wohl hieß. Alma? Amalia? Anna? Caro? Ella? Ich ging das ganze Alphabet durch und sammelte ein paar Wunschnamen zusammen.

»Thorsten! Thorsten!!« Mos Stimme überschlug sich und riss mich augenblicklich vom Klo hoch. Keine Sekunde konnte ich irgendwo ruhig sitzen bleiben! Ich rannte nach draußen.

Vor dem Haus sah ich als Erstes, dass Mo hektisch versuchte, Evi zu befreien. Die Hundeleine war einmal um den Laternenpfahl gewickelt und der wild kläffende Dackel drückte sich beim Zerren die Luft ab. Mo hatte sich bei seinem Befreiungsversuch selbst so ungeschickt in die Leine gedreht, dass sie seine Beine und die Hüfte einschnürte.

»Thorsten!« Er biss in seinen Handrücken. »Alles blöd! Thorsten! Du blöder Hund!«, schrie er.

Und dann sah ich die anderen, die auf ihren Fahrrädern hockten, mit dreckigen Beinen vom Fußballspielen. Sie hockten da und lachten. Sie fanden das einfach witzig. Einer fing an zu bellen und Evi zerrte noch fester am Halsband, bis ein heiseres Röcheln aus ihrem Maul kam, während Mo sich immer mehr in der Leine verhedderte und einmal voll mit der Stirn gegen den Laternenpfahl stieß.

Frau Schlüter kam durch ihren Garten zum Zaun gerannt.

»Was ... was macht ihr da?!«, rief sie. »Schämt euch!!« Sie eilte entsetzt zum Gartentor.

Inzwischen bellten und jaulten alle auf den Rädern. Mo bellte und schrie zurück und seine Trainingshose färbte sich dunkel.

Da entdeckte ich Hannes! Er stand mit seinem Rad ein wenig abseits und lachte. Nur ein bisschen zwar, aber er war dabei!

Ich stürmte auf ihn zu. Als er mich sah, hob er schnell die Arme, als wollte er mir sagen, dass er für all das nichts konnte.

Trotzdem wäre ich einfach in ihn reingerannt, hätte er sein Rad nicht rechtzeitig rumgerissen.

»Bist du total bescheuert?! Bleib wenigstens stehen!« Ich stürzte ihm hinterher und Hannes schaute im Fahren über seine Schulter zu mir zurück, erschrocken über meine Wut. Ich blieb nah an ihm dran, sein Hinterreifen schleuderte Steinchen an meine Schienbeine, aber ich erreichte ihn nicht und wurde immer langsamer. Jetzt überholten mich auch die anderen und verschwanden mit Hannes hinter der nächsten Kurve.

Als ich zurückkam, stand Frau Schlüter mit dem wild bellenden Dackel völlig aufgelöst vor der Laterne.

»Dein Bruder ... der ist gleich zu euch rein ... das tut mir alles so leid«, rief sie.

Ich eilte ins Haus und fand Mo unter der Dusche stehend im Bad, aus dem dichter Wasserdampf quoll.

»Ich brenne!«, rief er. »Ich fühl mich heftig wie Feuer! Schlimm!«

Ich wusste selbst nicht, wohin mit meiner Wut, rannte die Treppe runter, schleuderte mein Bike-Heft gegen die Küchenwand, rannte die Treppe wieder rauf, schlug in meinem Zimmer auf mein Kopfkissen, lief zurück zum Bad, aus dem Mo an mir vorbeistürmte. Tropfend rannte auch er durchs ganze Haus. Es dauerte, bis ich ihn eingefangen hatte und er sich langsam in meinen Armen beruhigte.

In ein Handtuch gewickelt legte ich ihn auf sein Bett und kuschelte mich an ihn. Er sah mich an und ich konnte nicht sagen, ob das Wassertropfen oder Tränen auf seinen Wangen waren.

»Fühlst du dich noch wie Feuer?«, fragte ich.

»Deine Augen machen Pipi«, stellte Mo erstaunt fest.

»Quatsch.« Ich wischte mir übers Gesicht. Dann nahm ich Mo in den Arm. Nicht aus Mitleid, sagte ich mir. Sondern weil ich ihn lieb hatte.

Seine Trainingshose wusch ich im Waschbecken und trocknete sie mit dem Föhn, noch bevor Mama von der Arbeit zurück war. Sie sollte auf keinen Fall glauben, ich hätte hier nicht alles im Griff.

Mo blieb den Rest des Tages in seinem Zimmer. Er hörte seine Karnevalsmusik bis zum Abendessen, aß dann nur ein Brot und verschwand wieder. Das passierte öfter mal und Mama fragte mich nur beiläufig, ob alles in Ordnung mit ihm sei. Ich nickte.

»Und was hat er mit seiner Stirn gemacht?«

»Ist halt wo gegengestoßen«, sagte ich.

Mama schob mir einen kleinen Teller mit Keksen hin.

»Die hat uns Frau Schlüter vor die Tür gestellt.«

Ich zog einen Zettel unter den Keksen hervor: *Ein Trostpflaster von der Nachbarin*, stand darauf geschrieben.

Ich steckte ihn ein und achtete nicht weiter auf Mamas fragenden Blick.

NIDA

Am nächsten Morgen stand Mo auf wie immer. Er putzte sich kaum zehn Sekunden die Zähne und steckte beim Frühstück seine Hand ins Marmeladenglas, um sich dann die klebrigen Finger abzulecken. Alles wie immer. Bis auf die rote Beule auf seiner Stirn.

Ich fuhr mit dem Rad zur Schule, damit ich nicht mit Hannes den Bus nehmen musste.

Und in Deutsch freute ich mich zum ersten Mal darüber, dass wir nicht nebeneinandersitzen durften. Ich guckte Hannes nicht einmal an.

Frau Weimann schrieb Sätze an die Tafel und ich hätte Lust gehabt, etwas Größeres als Papierkügelchen durch die Klasse zu schmeißen. Meine Stifte, die Mappe oder gleich meinen Turnbeutel.

Zwei Mal hatte Frau Weimann mich schon ermahnt, weil mein Stuhl beim Kippeln quietschte und ich trotzdem weitermachte. Jetzt kippelte ich auf die Hinterbeine und drückte mich erst mit den Händen, dann mit den Füßen von der Tischkante ab, bis ich für einen Moment haltlos in der Luft hing und langsam hintenüberkippte. Der Stuhl krachte unter mir zu Boden und ich schlug kurz mit dem Hinterkopf auf.

»Karl! Was ist eigentlich mit dir los?!«, fuhr Frau Weimann mich an. »Darüber kannst du draußen nachdenken!«

Ich stand auf und schob meinen Stuhl zu kräftig vor die Tischplatte. Genauso kräftig zog Frau Weimann die Tür hinter mir zu.

Erst hier, auf dem Flur, rieb ich mir über den Hinterkopf. Und da sah ich das Mädchen mit den roten Haaren. Es stand ein Stück weiter runter vor der Tür der C. Sofort vergaß ich meinen schmerzenden Kopf, dafür wurde mir flau.

»Bist du auch rausgeflogen?«, fragte sie.

Ich brauchte ein bisschen.

»Jep.«

Ich zuckte mit den Schultern und schob die Hände in meine Hosentaschen.

Im Flurfenster beobachtete ich mein Spiegelbild:

Eigentlich mochte ich meine blonden Haare. Aber gerade war ich mir nicht mehr ganz sicher.

Das Mädchen sah weiter zu mir rüber. »Und wie heißt du so?«

»Karl.« Das klang zu laut im stillen Flur. »Und du?«

»Nida.«

Ich wusste nicht, was ich noch sagen sollte. Wir standen auch blöd weit auseinander. Und einfach zu ihr hinzulaufen, kam nicht infrage.

»Ich zieh mir was aus 'm Automaten«, sagte ich und schlenderte los. Das wirkte vielleicht ganz cool.

Während der Automat mit seinem Greifer zum Cola-Fach fuhr, beobachtete ich zwei Krähen, die sich auf dem Schulhofbaum jagten.

Mir fiel der Quatsch-Deal mit Hannes ein. Sollte ich noch irgendetwas zu dem Mädchen sagen? Irgendetwas tun?

Ich kramte in meinen Hosentaschen. Wie von selbst warfen meine Schwitzhände weitere Geldstücke in den Automatenschlitz, um noch eine zweite Dose zu ziehen.

Zurück auf unserem Flur hörte ich mich Nida fragen, ob sie auch Lust auf eine Cola hätte.

Und auf einmal stand ich sogar vor ihr, nahm nur das Zischen beim Aufmachen der Dosen wahr und trank gegen die Trockenheit in meinem Mund.

»Danke«, sagte Nida.

»Klar.« Ich schaute an ihr vorbei auf die Wand.

»Das sieht ja fies aus.« Sie meinte die Schrammen auf meiner Wange.

Statt etwas zu sagen, nahm ich noch einen Schluck.

»Kannst du nur nach links gucken?« Sie wischte mit ihrer Hand vor meinen Augen rum.

»Äh … eigentlich nicht.«

Ich musste grinsen und sah Nida zum ersten Mal direkt ins Gesicht. Ihre kurzen Haare standen noch mehr ab als meine. Und sie hatte einen Leberfleck überm rechten Auge, der aussah wie eine nach oben gewanderte Träne.

Gerade dachte ich, dass ich vielleicht ein bisschen mit ihr reden könnte, da wurde die Tür zu ihrem Klassenzimmer geöffnet. Sie schwang so weit auf, dass sie Nida verdeckte und es für den Lehrer aussah, als würde ich alleine davorstehen.

»Was machst denn du hier? Du gehörst doch wohl in eine andere Klasse«, sagte er irritiert.

»Wollte nur kurz Hallo sagen«, kam es aus mir raus und die ganze Klasse lachte.

Nida verriet sich mit ihrem Kichern hinter der Tür.

»Komm halt endlich rein, Nida! Wir wollen weitermachen«, sagte der Lehrer angestrengt und beachtete mich nicht mehr.

»*Sie* haben mich doch rausgeschmissen«, erwiderte Nida, drückte mir im Vorbeigehen ihre Cola in die Hand und schaute noch einmal über die Schulter zu mir zurück, bevor die Tür hinter ihr zufiel.

FEIGE ODER NICHT

Mo und ich saßen auf unserem Stein im Stolleneingang, zwischen uns einen Haufen Süßigkeiten wie beim letzten Mal. Wir hatten auch Sitzkissen mitgebracht und es uns darauf gemütlich gemacht.

Mo häkelte mit den Fingern seine Luftmaschenschnur weiter. An der saß er schon seit über einem Jahr. Inzwischen reichte sie von unserer Haustür bis hoch zum Bauern Schulte, das hatten wir vor Kurzem ausprobiert.

Als großes Knäuel lag sie aufgerollt zusammen mit der Wolle in einer Tüte neben ihm auf dem Boden und Mo fügte, die Finger kaum fünf Zentimeter von seiner Brille entfernt, eine Masche nach der anderen hinzu.

Währenddessen ging ich durch, was ich zu Nida gesagt und was ich nicht gesagt hatte. Das mit der

Cola war ganz gut gewesen. Aber egal wie oft ich alles durchkaute: Ich konnte noch jetzt meine Schwitzhände fühlen. Nicht einmal angeguckt hatte ich sie zuerst. War ich vielleicht zu feige?

»Thorsten!«

Mos ungeschickte Finger hatten sich in der Häkelwolle verheddert.

»Thorsten! Der blöde!«

»Lass mich mal«, sagte ich und wollte ihm helfen, aber er ließ mich nicht. Seine Hände kämpften mit dem Fadengewirr wie Insekten im Spinnennetz. Schließlich hatte er die Wolle zu einem knotigen Ball zusammengepatscht, den er grimmig anstarrte.

Dann sagte er: »Der Thorsten kommt nich' wieder.«

»Hä?« So was hatte ich von ihm noch nicht gehört.

»Der Thorsten kommt nich' wieder. Nie«, bekräftigte er.

»So 'n Quatsch. Natürlich kommt er wieder. Schon in zwei Wochen. Dann bringt er dir Geschenke mit.«

Ich zeigte auf das dünne Lederarmband an seinem Handgelenk, das Papa ihm beim letzten Mal geschenkt hatte.

Mo schüttelte den Kopf. »Der Thorsten. Der blöde. Der will mich nich' sehen.«

»Na klar will er dich sehen!«, sagte ich automatisch. »Er arbeitet halt oft woanders. Der muss zu seiner Arbeit fliegen. Mit dem Flugzeug. Das weißt du doch. Dann kommt er zurück, mit Geschenken. Und fertig.«

Ich hoffte, das Thema wäre damit erledigt.

Mo drehte den Kopf zu mir. Sein Lupenblick gab mir das Gefühl, nicht ganz ehrlich zu ihm gewesen zu sein.

»Du bis' ein Hosenpuper!«, sagte er mit hochgezogenen Augenbrauen.

»Äh ... hallo? Was hast du heute eigentlich gefressen?«

»Du bis' ein Hosenpuper. Wohl.«

Das ärgerte mich jetzt. Ich fing an, Mo zu kitzeln, damit er seinen Lupenblick von mir nahm und auf andere Gedanken kam. Er hatte keine Chance gegen meine spitzen Finger. Ich wusste genau, an welchen Stellen ich ihn piken musste, und er giggelte auch gleich los.

Als ich von ihm abließ, stichelte er trotzdem weiter: »Hosenpuper!«

»Okay. Das wollen wir sehen«, sagte ich und zeigte in den Stollen. »Wer sich tiefer reintraut«, forderte ich ihn heraus. »Na?«

Mo warf die Wolle auf den Boden, sprang auf und

lief los. Zum Glück ließ er auch das Papa-Thema mit der Wolle hinter sich. Er schaute zu mir zurück und grinste frech.

»Mo hat keine Angst wie Kaal!«, rief er.

An der Stelle mit den Tierknochen überholte ich ihn. Unter den Fledermäusen lief ich dann in der Hocke, aus Angst, sie könnten mich beißen.

»Hosenpuper«, kam es wieder von Mo, obwohl er es mir nachmachte. Wie zwei Enten, die sich verfolgten, watschelten wir über die Fledermauskacke hinweg.

Ein Stück weiter hinten machte der Stollen eine leichte Kurve. Das Licht vom Eingang verschwand und das Ziehen in meinem Bauch wurde stärker.

Ich schaltete die Handylampe ein.

Es tropfte von oben auf unsere Köpfe und unter unseren Schuhen knirschte der Steinschutt. Wir hatten es beide nicht mehr ganz so eilig.

Vor uns lagen verrottete Holzbalken, die den Stollen früher abgestützt hatten. Mir ging auf, wie gefährlich es hier drinnen war, schon allein weil es keine Stützen mehr gab.

Davon verstand mein Bruder natürlich nichts.

»Mo hat keine Angst wie Kaal«, sagte er noch einmal und ging weiter.

Um ihn aufzuhalten, schaltete ich die Lampe aus. Auf einen Schlag war es stockdunkel.

»Kaal?! Kaal?!!«, schrie Mo auf. »Kaaal?!! Wo bis' du?! Kaaaaal?!«

Auch mir kroch Gänsehaut den Nacken runter. Aber ich ließ ihn zappeln.

Dann schaltete ich die Lampe wieder ein und Mo klammerte sich an mich, als hätte er befürchtet, ich wäre für immer verschwunden.

»Wer ist jetzt der Hosenpuper?«, musste ich ihm mitgeben, obwohl ich selbst nur noch wegwollte.

Schon stolperten wir über die Balken und das Geröll zurück, unter den Fledermäusen her, die unruhig wurden und mit den Flügeln um sich schlugen. Und endlich schafften wir es raus ins Helle.

Mitten in der Nacht, als ich wach lag und zur Decke hochschaute, fiel er mir wieder ein, Mos komischer Gedanke: »Der Thorsten. Der blöde. Der will mich nich' sehen.«

Und auf einmal schien mir das dünne Lederarmband um Mos Handgelenk nichts als ein mickriges Zeichen für Papas schlechtes Gewissen zu sein.

MONTAG IST SUPER

Das Wetter war genauso aufgewühlt wie ich. Der Wind rauschte durch unseren Schulhofbaum und wirbelte mir Staub in die Augen.

Stundenlang hatte ich in der Nacht nicht schlafen können und über Mos Worte nachgedacht, um dann viel zu früh aufzuwachen und mich ungeduldig auf die Schule zu freuen. Nicht auf Frau Weimann, logisch, sondern auf die großen Pausen.

Jetzt saß ich auf einer Bank und beobachtete Nida, die von anderen Jungs gejagt wurde und dann zusammen mit ihren Freundinnen lachte.

Die ganze Schule schien nervös zu sein. Hannes rannte mit den anderen um die Tischtennisplatte und schlug mit ihnen auf einen neuen Fußball ein. Über jeden Punkt wurde gestritten. Überhaupt kam mir das Geschrei auf dem Hof lauter vor als sonst.

Auch heute hatte ich noch kein Wort mit Hannes geredet. Dabei hätte ich ihn gerade gut gebrauchen können, um ihn zu fragen, ob ich Nida noch mal ansprechen sollte, und wenn, bei welcher Gelegenheit. War sie überhaupt mal alleine? Eigentlich doch nie!

Mein T-Shirt klebte an meinem Rücken, weil es so schwül war. Ein paar feine Tropfen fielen mir auf den Kopf. Direkt über dem Schuldach jagten Schwalben durch die Luft, darüber war der Himmel dunkelgraugelb.

Dann zerplatzten die ersten dicken Tropfen auf dem Boden. Und keine zehn Sekunden später regnete es in Strömen. Alle flohen schreiend unters Eingangsdach oder in die Pausenhalle.

Nur Nida nicht. Den Kopf in den Nacken gelegt, ließ sie sich das Gesicht vollregnen.

Ich sah ihr reglos dabei zu, bis ich genauso durchweicht war wie sie.

Als sie in meine Richtung guckte, hielt sie sich die Hand über die Augen, um durch den Regen besser erkennen zu können, ob da wirklich noch jemand auf der Bank saß.

Dann rannte sie zu mir rüber.

»Hey Karl!«, rief sie über das Prasseln hinweg.

»Hey«, sagte ich ruhig. Dabei fühlte ich mich wie aufgepeitscht.

Unvermittelt sprang ich auf und hüpfte in die große Pfütze über dem verstopften Gully. Das Dreckwasser spritzte hoch. Und im selben Moment war es mir peinlich. Aber da landete Nida schon neben mir und lachte.

»Bist du bei so 'nem Regen schon mal im See geschwommen?«, rief sie mir zu.

»Nee.«

»Das ist das Beste!«

Nida schüttelte sich das Wasser aus den Haaren und die Tropfen flogen mir ins Gesicht.

»Kannst ja mal mitkommen zum See.«

»Äh … klar.«

Ich wischte mir die Augen frei. »Wann denn?«

»Weiß nicht … am Wochenende fahren wir weg. Hast du vielleicht Montagnachmittag Zeit?«

»Montag ist super«, rief ich und zuckte zusammen. Ein Blitz ließ den Schulhofbaum blendend weiß aufleuchten. Bevor wir unseren Schreck weglachen konnten, krachte der Donner so laut über uns herein, dass wir zur Pausenhalle rannten.

»Welcher See überhaupt?« Fast schrie ich das.

»Mühlweiher?«, rief Nida im Rennen.

»Cool!«

In der Pausenhalle wurde sie gleich von ihren Freundinnen umringt und Hannes drängte sich vor mich, um mir aufs nasse T-Shirt zu patschen.

»Du bist ja krass!« Überdreht zog er mich zur Seite. »Und?! Worüber hast du mit ihr gequatscht?!«

Eigentlich hatte ich ihm aus dem Weg gehen wollen, aber ich musste es ihm sagen.

»Wir haben uns verabredet!«

Trotz der Kälte auf meiner regennassen Haut wurde mir heiß.

»Echt jetzt?«, rief Hannes.

Dann zog er mich Richtung Klassenraum, weg von der Pausenhalle und Nida.

»Das wird witzig, wenn Frau Weimann dich so sieht …«, rief er.

Ich machte mich los und drehte mich um. Aber Nida war nicht mehr zu sehen.

HAARE KÄMMEN

Wegen der durchweichten Klamotten hatte mich Frau Weimann erst ins Klassenbuch eingetragen und dann in einer von Hannes geliehenen Jacke nach Hause geschickt.

Jetzt konnte ich mich auf nichts konzentrieren. Frisch geduscht lief ich ziellos durchs leere Haus. Blätterte flüchtig mein zerfleddertes Bike-Heft durch. Stopfte mich mit Schokolade voll. Wischte Videos über mein Handy.

In Mos Zimmer fing ich an, den Hamsterkäfig zu säubern.

Nach ein paar Minuten ließ ich es wieder sein.

Ausgerechnet heute, an meinem Mo-freien Tag, an dem Mama erst um vier mit Mo von seinen Therapien kam, hätte ich mich am liebsten von ihm ablenken lassen.

Wie sollte ich das ganze Wochenende bis Montag überstehen?

Ich fuhr die Strecke zum Mühlweiher raus.

Um die Feuerstelle am Strand lagen Bierflaschen. Kein Mensch war zu sehen. Hoffentlich ist es Montag genauso leer, dachte ich. Vielleicht wünschte ich mir auch eher das Gegenteil.

Als Mama und Mo zurück sein mussten, fuhr ich nach Hause.

Mama telefonierte. Also ging ich zu Mo ins Zimmer, um etwas mit ihm zu machen.

Er saß mit Lara auf dem Bett und kämmte ihr die langen Haare.

»Äh ... hey Lara«, sagte ich überrascht.

»Geh weg!«, rief Mo schroff.

Dass er mich einfach abwies, obwohl er sonst jede Minute an mir dranhing, ärgerte mich. Ich schaute zu, wie er vorsichtig mit dem Kamm durch Laras Haare fuhr. Die beiden benahmen sich wie ein Ehepaar. So fürsorglich erlebte ich Mo fast nie, außer beim Streicheln seines Hamsters vielleicht. Die Zunge konzentriert rausgestreckt, verfolgte er seine Kammbewegungen, strich auch mit der anderen

Hand über Laras Haare. Und Lara hörte gar nicht mehr auf zu lächeln.

»Geh weg!!«

Auch wenn ich mich kaum von dem Anblick lösen konnte … ich zog die Tür leise hinter mir zu und lief in mein Zimmer rauf.

Auf meinem Bett knetete ich das Kopfkissen durch. War ich etwa neidisch? Neidisch auf meinen behinderten Bruder?

Ich versuchte, meine Gedanken auf Montag zu lenken. Da würde ich auch neben einem Mädchen sitzen, auf dem Kies am Seeufer.

Endlich verabschiedete sich Mama unten am Telefon. Ich rannte direkt zu ihr.

»Montagnachmittag kann ich nicht auf Mo aufpassen«, rief ich, als wäre das beschlossene Sache.

»Hallo erst mal«, bremste Mama mich gleich mit den ersten Worten aus. »Das war Papa eben. Ihm geht's gut. Er ist sogar schon fast mit seinem Projekt durch.«

»Schön für ihn. Montag hab ich keine Zeit!«, drängte ich weiter.

Mama legte das Telefon auf die Fensterbank und fing an, irgendwelche Kartons wegzuräumen. Hörte sie mir überhaupt zu?

»Was soll denn am Montag so wichtig sein?«, fragte sie auf dem Weg in den Keller.

»Nichts. Ist einfach so.«

»So einfach ist es eben nie.«

Ich schob mich vor sie.

»Das muss aber gehen!«

»Hör mal, Karl. Du weißt genau, wie kompliziert es ist, Mo kurzfristig umzuorganisieren. Da müssen wir uns alle ein bisschen zurücknehmen.«

Ich riss Mama den Karton aus der Hand und knallte ihn auf den Boden.

»Was ist denn los mit dir?«, fragte sie irritiert.

»Geht das jetzt oder geht das nicht?«

Sie überlegte immerhin.

»Also … ich kann Laras Papa ja mal fragen, ob er Mo am Montag nach der Schule mitnimmt …«

»Ja! Bitte!«

Nachdem Lara von Mo mit einem Schmatzer auf die Wange verabschiedet und von ihrem Vater abgeholt worden war, hatte sich meine Hoffnung schon zerschlagen. Wegen irgendwelcher Therapien hatte Lara am Montag keine Zeit.

»Können wir nicht eine von Mos Therapien nächste Woche auf Montag verlegen?«

»Wie soll das gehen?« Mama machte ein Gesicht, als hätte ich mir die Frage sparen können. »Tut mir leid, Karl. Aber nur weil du dir da was in den Kopf gesetzt hast … Leg dir deine Vorhaben doch bitte auf freitags, wenn ich eh zu Hause bin.«

Mama konnte so frustrierend sachlich sein. Nie hätte sie Verständnis dafür gehabt, dass ich eine Verabredung nicht um vier Tage nach hinten verschieben wollte.

Ich ließ sie im Keller stehen.

IMMER WIEDER MO

Am Samstagmorgen blieb ich einfach im Bett liegen.

Nach dem Frühstück kam Mama mit ihrem Kaffee in mein Zimmer, setzte sich zu mir auf die Bettkante und pustete in ihre Tasse. Sie hatte wohl Zeit mitgebracht. Und vielleicht doch noch eine Lösung für Montag, hoffte ich.

»Du, Karl«, fing sie an. »Frau Schlüter war bei mir und hat mir erzählt, was mit Mo und Evi bei der Laterne passiert ist ... Wieso hast du mir denn nichts davon gesagt?«

Ich schaute zum Fenster. Darauf hatte ich jetzt gar keine Lust.

»So schlimm war das auch nicht«, murmelte ich.

»Woher willst du wissen, dass es für Mo nicht schlimm gewesen ist? Er hat sich eingenässt und war völlig außer sich, hat Frau Schlüter gesagt.«

»Die übertreibt bei allem.«

Mama rückte sich auf der Bettkante zurecht.

»Wo warst du denn überhaupt, als das passiert ist?«

»Ich musste aufs Klo. Oder darf ich das auch nicht mehr?«, fragte ich patzig.

»Das war wohl der falsche Moment dafür.«

Mal wieder so ein Satz von Mama, gegen den man nichts sagen konnte.

Sie nahm einen Schluck von ihrem Kaffee.

»Mo ist einfach extrem feinfühlig und wir müssen drauf achten, dass es ihm gut geht.«

»Ich kann nichts dafür, wenn die anderen über ihn lachen!«

»So weit hätte es vielleicht gar nicht erst kommen müssen.«

»Alles klar!«, rief ich. »Dann piss ich mir beim nächsten Mal eben selbst in die Hose!«

Mama wurde ungeduldig.

»Ich will doch nur, dass du aufmerksam bleibst und mir solche Sachen erzählst, damit ich Mos Verhalten richtig einschätzen kann.«

»Hab's verstanden. Du kannst gehen«, nuschelte ich, drehte mich weg und zog mir die Decke über den Kopf.

Mama blieb schweigend hinter mir sitzen und atmete seufzend aus. Danach war es still zwischen uns.

Nach einer Weile zog sie die Decke langsam von meinem Kopf.

»Was hast du da eigentlich gemacht?«, fragte sie und legte eine Hand über die verkrusteten Schrammen auf meiner Wange.

»Streit mit Hannes.«

Ihre Hand fühlte sich rau an. Und warm.

»Auch so was kannst du mir erzählen.«

Sie strich mir die Haare aus der Stirn.

»Du kannst so was auch einfach mal selbst sehen«, murmelte ich leise.

Draußen sangen die Vögel im Garten.

»Weißt du, was ich glaube?«, sagte Mama nach einer Weile. »Ich glaube, wir sollten heute was zusammen machen. Nur wir beide. Ich frag, ob Mo ein paar Stunden zu Lara gehen kann, wo sie Montag schon keine Zeit hat. Was hältst du davon?«

Ich blieb auf der Seite liegen.

»Okay«, sagte ich knapp.

»Worauf hättest du denn Lust?«

Ich zuckte mit den Schultern. Mir drängten sich gleich hundert Wünsche auf. Ich war es gar nicht mehr gewohnt, mich für einen zu entscheiden.

»In der Stadt nach 'nem neuen Rad gucken?«, sagte ich.

»Wenn du das am liebsten willst.«

Ich zeigte Mama mein Lächeln nicht. Fast hätte ich mich zu ihr gedreht und sie umarmt.

Stattdessen warf ich meine Decke zur Seite und stand auf. Ich musste Mamas Angebot wahrnehmen, bevor sie es sich anders überlegte.

»Wir könnten zu dem großen Rad-Center fahren«, schlug ich vor und lief zu meinem Stuhl, um mich anzuziehen.

»Mama?«, rief Mo von unten.

»Bin hier oben, Schatz! Ich komme gleich …«

Während ich mir mein T-Shirt über den Kopf zog, hörte ich Mo die Treppenstufen rauftrampeln. Hektisch suchte ich nach meiner Hose, als müsste ich fertig zum Losfahren sein, bevor er in mein Zimmer platzte.

Schon wurde meine Tür aufgerissen.

»Freibad!«, rief Mo.

Mama drückte sich vom Bett hoch und stellte sich seinem Schwung entgegen.

»Ganz ruhig, mein Schatz. Ich dachte eher, du würdest dich heute vielleicht gerne noch mal mit Lara verabreden.«

»Nein! Freibad!«

»Ihr könntet zusammen Eis essen gehen oder …«

»Freibad! Freibad! Freibad!«

Mo warf Mama aufs Bett, um mit ihr zu kuscheln oder zu kämpfen. Das war nicht ganz klar. Die Tasse war ihr aus der Hand gefallen und der Kaffee lief über den Boden.

»Nicht so stürmisch … Moritz! …«

Mama wehrte sich erst noch. Aber als er ihr Gesicht abschmatzte und sie weiter bedrängte, wuschelte sie ihm schließlich durch die Haare und lächelte ihn an.

Mit seinen Schlingarmen und den großen Lupenaugen saugte er ihre ganze Liebe auf. Da konnte nicht viel übrig bleiben.

Ich wartete, mit einem Bein in der Hose.

»Und wenn wir einfach alle zusammen ins Freibad gehen?«, fragte Mama verzweifelt in meine Richtung.

Das Schlimme war, dass ich nicht einmal wütend auf sie sein konnte.

»Nee, passt schon«, sagte ich, ging zurück zum Schrank und holte meine Fußballsachen raus.

FUSSBALLVERRAT

Auf dem Weg zum Bolzplatz schob ich mir drei Müsliriegel rein. Hauptsache schnell weg von zu Hause.

Ich wollte einfach alleine mit meinem Ball aufs Tor bolzen. Es waren aber auch ein paar andere da. Zum Glück keiner von der Laternen-Aktion. Auch Hannes nicht. Der war samstags beim Tennis.

Wir spielten vier gegen vier, und je mehr mir der Schweiß runterlief, desto weniger dachte ich an den Morgen zurück.

Danach saßen wir im Schatten unterm Baum. Eine Flasche Sprudel ging rum und einer erzählte einen Flachwitz, über den ich genauso lachte wie die anderen. Ohne Hannes fiel mir das aber schwerer.

Zwei Witze wurden noch nachgelegt, dann fragte mich Jens, ob ich auch einen kannte.

»Am witzigsten ist mein Bruder«, sagte ich so daher.

Die anderen warteten darauf, dass noch mehr von mir kam. Für einen Moment fühlte ich mich wie vor einem Jahr, als ich hier noch niemanden gekannt hatte.

Die Sache im Kaufhaus fiel mir ein. Ich fing an zu erzählen, wie wir im vorletzten Winter nach einer Hose für Mo gesucht hatten, und dass er sich eigentlich hatte umziehen wollen, aber dann komplett nackt aus der Kabine gestürmt war.

Damit hatte ich die anderen sofort, und ich bekam Lust, Mos Wutstimme nachzumachen:

»Du blöder Reißfaschluss! Du doofer! So blöd!! Aaaaah!«, rief ich. »Mo hat die Hose auf den Boden geknallt und auf sie eingetreten wie auf 'ne Giftschlange. Dann ist er weitergerannt, weil ihn alle komisch angeglotzt haben. Mama und ich sind hinter ihm her. Und ab da war es für Mo nur noch ein Spiel. Bei dem kann sich alles in einer Sekunde ändern. Er ist zwischen den Kleiderstangen durch und hat die Hälfte runtergerissen ...«

»Noch komplett nackt, oder was?«

»Klar! Der ist an allen Verkäuferinnen vorbei, die ihn aufhalten wollten. Und dann war er plötzlich verschwunden.«

»Oh shit!«

»Mama hat ’ne Durchsage gemacht: ›Mo, bitte komm sofort zur Kasse. Da wartet die Mama auf dich. Hast du gehört, Mo!‹ Sie war kurz vorm Durchdrehen. Er hätte ja auch auf die Straße rennen können oder so. Der ganze Laden hat ihn jetzt gesucht. Und bei einem Kreisständer mit Winterjacken seh ich dann die Pfütze, die sich drunter ausbreitet, als würde der Ständer pinkeln! Und als ich die Jacken wegschiebe, sitzt Mo grinsend mit Wollmütze da und pullert vor sich hin.«

Die anderen fanden das »voll krass« und verzogen das Gesicht. Das mit dem Pinkeln hatte ich zwar nur dazuerfunden. Aber Mo hatte schließlich früher auch schon mal im Schwimmbad auf ein Sprungbrett gekackt.

»Was hat denn der für einen Pimmel?«, fragte einer.

Ich hob ein krummes Stöckchen vom Boden auf und hielt es hoch.

Die anderen schmissen sich lachend ins Gras. Plötzlich hatte ich den Laternen-Moment vor Augen, sah Mo vor mir, der sich verzweifelt in den Handrücken biss, hörte das Lachen von allen auf ihren Rädern ... Ich pfefferte das Stöckchen ins Gebüsch und sprang auf.

»Hast du noch so eine?«, fragte Jens.

Kopfschüttelnd schnürte ich mir die Fußballschuhe zu und sagte, dass ich gehen müsste.

Die anderen wollten mich unbedingt noch abklatschen. Und als sie sich danach weiter Witze erzählten, lief ich die Dorfstraße runter und den Wald hoch, um im Stollen abzutauchen.

Ich setzte mich auf die Kissen, die Mo und ich für den nächsten Besuch auf unserem Stein hatten liegen lassen.

Dann wischte ich auf meinem Handy alles Mögliche durch und verdrängte die Gedanken an eben.

Ich suchte auch nach Einträgen über Stollen in unserer Gegend. Tatsächlich fand ich etwas über ein Grubenunglück in der Nähe, bei dem fünfzig Bergleute verschüttet worden waren. Dazu Bilder von Toten.

Mit der Schuhspitze schob ich einen der heruntergebrochenen Ziegelsteine zur Seite. Ob auch in unserem Stollen mal etwas passiert war? Vielleicht hatte man ihn deshalb zugemauert. Ich dachte daran, wie tief Mo und ich schon drinnen gewesen waren, dachte an die vermoderten Balken ... und sah mir lieber ein Bike-Video an.

Später hockte ich mit Mo im Wohnzimmer auf dem Sofa. Mama hatte ihn nach dem Freibad bei mir abgesetzt, um schnell noch einkaufen zu fahren.

Er roch nach Chlor und Freibadspaß. Ich bekam den Geruch nicht aus der Nase. Der füllte das ganze Wohnzimmer aus.

Mit seinen frisch gewaschenen Fluff-Haaren wirkte Mo so unschuldig, als könnte er nichts für diesen Tag. So wie er nie etwas für irgendetwas konnte. Den Mund halb geöffnet, glotzte er mich an. Bestimmt war er einfach nur müde. Aber ich glaubte, einen Vorwurf in seinen Augen zu sehen. Als wüsste er genau, dass ich ihn vor den anderen bloßgestellt hatte.

Ich floh vor seinem Lupenblick in den Keller und holte die Metallgitter hoch, die Papa beim vorletzten Besuch für Fips mitgebracht, aber nicht ausgepackt hatte.

Im Garten steckte ich die Gitterteile zu einem kleinen Gehege zusammen. Mo schaute erst nur zu, wurde aber langsam wacher.

Dann baute ich mit ihm eine Hamsterhöhle aus Rinde und holte mit ihm Stroh vom Feld für ein Hamsterbett. Wir schälten Möhren, schütteten Trockenfutter in eine Schüssel und ich ließ ihn Wasser aus dem Gartenschlauch in ein Schälchen füllen.

Als Mo schließlich mit Fips in dem kleinen Gehege saß und selbst die Zunge ins Wasserschälchen streckte, konnte ich schon wieder über ihn lachen, ohne mich blöd dabei zu fühlen.

»Lass Fips noch was übrig«, sagte ich.

»Ich hol mehr!«

Mo lief zum Schlauch, drehte den Hahn voll auf und wusste nicht, wohin mit dem Strahl, der erst die Blumen und dann fast mich abschoss.

»Ist ein bisschen zu viel, Mo!«

»Bin nich' doof!«

Hektisch drehte er an der Düse vorne am Schlauch, bis das Wasser in den Himmel sprühte und wir beide im Regen standen. Dann schaffte er es, sie zuzudrehen, und strahlte mich an.

»Du bist ein Zauberer«, sagte ich und rubbelte mir das Wasser aus den Haaren.

Mo ließ die letzten Tropfen aus dem Schlauch in Fips' Schälchen tröpfeln.

»Fips is' mein Bruder«, sagte er. »Du auch. Hab euch lieb.«

SONNTAG

Beim Frühstück am Sonntag ließ ich Mama mit ihrem schlechten Gewissen in der Luft hängen. Sie fragte mich, ob ich gut geschlafen hatte und ob ich was Schönes vorhätte heute. Solche Sachen. Mehr als ein »Ja« oder »Nein« bekam sie von mir nicht.

Auch als Hannes anrief, sagte ich kaum was, erzählte ihm noch nicht einmal, dass aus der Nida-Verabredung am Montag nichts würde. Er fragte, ob ich mit zum Fußball käme, aber ich wartete noch auf eine Entschuldigung von ihm. Außerdem hatte ich nach meiner Kaufhausgeschichte eh keine Lust auf den Bolzplatz.

Schon nach ein paar Sätzen legten wir auf.

Dann hing ich in meinem Zimmer ab. Vom Fenster aus beobachtete ich Frau Schlüter, die sich in ihrem

Garten bräunte. Ich fummelte ihren Trostpflaster-Zettel aus meiner Hosentasche und schickte ihn als Miniflieger zu ihr rüber. In der Tanne blieb er stecken.

Ich sah Hannes in Fußballsachen die Dorfstraße runterlaufen. Und plötzlich sah ich auch Mo, der durch unser Gartentor auf ihn zurannte. Er quatschte Hannes von der Seite an, nahm ihn einfach bei der Hand und zog ihn hinter sich her in unseren Garten.

»Hab *ich* gebaut!«, rief er vor dem Hamstergehege stolz.

»Äh … aha … cool …«, sagte Hannes unbeholfen. Sicher fragte er sich, wie er am schnellsten aus der Nummer rauskam.

Noch nie hatte ich die beiden zu zweit zusammen erlebt. Wir trafen uns nicht oft bei mir, Hannes und ich. Und wenn, machte ich Mo vorher deutlich, dass er uns nicht stören sollte.

»Sind *meine*. Hab *ich* gemacht!«

Mo hatte Hannes zu den Tomatensträuchern weitergezogen und hielt ihm eine Tomate vor den Mund.

»Schmeckt. Lecka. Schmeckt!«

Er forderte ihn auf reinzubeißen und Hannes tat ihm den Gefallen.

»Lecka, odaa?«, rief Mo und bekam ein Nicken. »Du bis' mein Freund!« Ohne Vorwarnung umschlang er

Hannes, der die Arme erst steif zur Seite streckte und Mo dann doch beklopfte, weil der ihn einfach nicht losließ.

Schließlich gab Mo Hannes frei. Aber er war noch nicht fertig mit ihm. Er hob seinen Hula-Hoop-Reifen auf, mit dem er so lässig durch den Garten eiern konnte, dass er jeden damit beeindruckte. Ich wusste selbst nicht, wie er das schaffte. Und Hannes war echt platt. Er klatschte sogar Beifall.

»Jetzt du!«, rief Mo und hielt ihm den Reifen hin.

Als Hannes es tatsächlich versuchte und über sich selbst lachte, weil er so unfähig war, begann ich ihn wieder zu mögen.

Plötzlich verschwand Mo im Haus. Vielleicht musste er aufs Klo oder ihm war etwas anderes eingefallen.

Einen Moment lang wartete Hannes unschlüssig. Dann hatte auch er es eilig, rannte aus unserem Garten und die Dorfstraße zum Bolzplatz runter, während ich hörte, wie Mo Mama im Wohnzimmer in Dauerschleife erzählte, dass Hannanas ab heute auch sein Freund war.

Den ganzen Tag über machte ich alles in meinem eigenen Tempo, fuhr mit dem Rad rum, hörte Musik auf dem Aussichtsturm.

Auch zu Hause war alles entspannt. Mo lag im Gehege bei Fips und Mama leistete ihm Gesellschaft. Sie saß mit dem Laptop auf den Knien im Gras, um irgendwelche Anträge für ihn auszufüllen.

»Karl ...«, rief sie mich zu sich. »Du ... wär es dir eigentlich immer noch wichtig, morgen Nachmittag Zeit für dich alleine zu haben?«, fragte sie.

»Ja!«, schoss es direkt aus mir raus.

Mama klappte den Laptop zu.

»Ich hab mal bei meiner Kollegin nachgefragt. Marianne könnte morgen für mich einspringen. Aber ich würde das nur annehmen, wenn es dir wirklich, wirklich wichtig ist.«

Sie sah mich so ernst an, als sollte ich mir das sehr genau überlegen.

Ohne zu zögern umarmte ich sie nicht weniger stürmisch als Mo, wenn er sie mit seiner Begeisterung überfiel. Mein Schwung warf sie nach hinten um und wir landeten beide zusammen im Gras.

»Danke, Mama! Danke!«, rief ich.

HUNDERT KUGELN SCHOKADE

Ich entschied mich wieder für den Schulbus und setzte mich gleich neben Hannes. Überrascht machte er komische Sprüche. Dass ich mal Gel nehmen sollte und so. Das war typisch für ihn, wenn was nicht geklärt war zwischen uns.

Aber seit gestern brauchte ich gar keine Entschuldigung mehr. Der Laternen-Moment war so gut wie vergessen.

»Na, Hannanas?« Ich grinste ihn an.

»Hä? Was soll 'n das jetzt?«, fragte er.

»Ach, nichts.«

Es gab viel Dringenderes zu bereden.

Ich rutschte in meinem Sitz nach unten. Endlich konnte ich Hannes fragen, was bei meinem Treffen mit Nida am wichtigsten sein würde.

Da war er sofort dabei.

»Eins ist klar: Auf keinen Fall darfst du zuerst da sein«, sagte er. »Und deine Badehose musst du schon vorher drunter haben.«

Ich rutschte noch ein Stück tiefer.

»Keine Ahnung, worüber ich mit ihr reden soll …«

»Jedenfalls nicht über Fahrräder!«

Auf dem Schulhof in der großen Pause ging es weiter.

»Nimm einfach deine Box mit und spiel 'ne Playlist ab. Dann brauchst du nicht so viel zu labern.«

»Was hört die wohl so«, überlegte ich.

Hannes schaute zu Nida rüber.

»Meister Eder und sein Pumuckl.«

Im selben Moment winkte Nida mir zu. Ich hob auch eine Hand. Aber wir blieben, wo wir waren.

Erst nach der Pause liefen wir uns beim Haupteingang über den Weg.

»Hey Karl. Bleibt's beim See heute?«

»Klar«, sagte ich.

»Ich könnte um halb drei.«

»Perfekt.«

Von den anderen hinter uns wurden wir durch den Eingang geschoben.

»An der Feuerstelle?«, schlug ich vor.

Nida nickte.

Dann ließen wir uns auseinandertreiben.

Die Schulstunden rauschten an mir vorbei. Das meiste ging rein und wieder raus. Bei Frau Weimann machte ich heute keine Probleme und in Mathe meldete ich mich sogar.

An unserer Dorfkreuzung wünschte Hannes mir Glück und boxte mir zu fest auf den Oberarm.

»Wenn du die knutschst, musst du's mir sagen!«, rief er mir hinterher.

Schon beim Aufschließen der Haustür roch ich es.

»Hier brennt was an!«, rief ich.

Mama kam die Treppe runtergerannt, hetzte in die Küche.

»Scheiße!«

Sie warf eine Pfanne mit verkohlten Fischstäbchen ins Waschbecken und ließ kaltes Wasser drüberlaufen. Es spritzte zischend gegen die Wand.

»Ich wollte euch doch wenigstens noch was hinstellen!«

Gestresst rannte sie zur Schrankablage und fischte den Autoschlüssel aus dem Schälchen. »Ich muss los.«

»Hä?!«

»Das Kind von Marianne kotzt.«

Ich verstand nichts.

»Sie muss dringend nach Hause und ich sollte längst unterwegs sein.« Für einen Moment nahm Mama mein Gesicht tröstend in ihre Krankenschwester-Hände. »Ich muss die Schicht wieder übernehmen. Tut mir leid, Karl. Das war wirklich anders geplant.«

»Und Mo?!«

»Geht einfach Eis essen, so viel ihr wollt.«

Sie war schon auf dem Weg zur Haustür.

»Ich muss aber *auch* weg!!«, schrie ich plötzlich.

»Mensch, Karl, ich kann die Patienten nicht alleine lassen! Es geht einfach nicht anders.« Sie riss ihre Handtasche vom Haken und die Haustür auf. »Das ist alles eine große Scheiße!«, fluchte sie und rannte zum Auto. »Im Kühlschrank sind noch genügend Eier und die Kartoffeln sind schon fertig!«

Sie stieg tatsächlich ein und fuhr davon.

»Du kannst jetzt nicht wegfahren!«, schrie ich ihr vom Gartentor aus hinterher.

Ich grapschte das Handy aus meiner Tasche: Zehn vor zwei und ich konnte Nida noch nicht einmal anrufen! Ich hatte ihre Nummer ja gar nicht. Was sollte sie denken, wenn ich nicht auftauchen würde?!

Plötzlich fühlte ich mich krank. Ich schleppte mich ins Haus und sackte in der Küche auf einen Stuhl.

Aber irgendetwas musste ich tun. Irgendetwas!

Ich sprang gleich wieder auf, schrubbte hastig die verkohlten Fischstäbchen in den Müll und schlug Eier in die Pfanne, ließ auch die Kartoffeln darin braten, während ich hochrannte und Badesachen in meine Sporttasche stopfte.

Als Mo um zwei vom Fahrdienst gebracht wurde, wartete sein Essen schon im Wohnzimmer auf dem Couchtisch. Ich verkaufte es ihm als coole Idee, dass er vorm Fernseher essen durfte.

»Hier hast du auch noch Apfelsaft. Und Mo ... ich muss mal kurz weg, okay? Nicht lange ...« So gelassen wie möglich sagte ich das. Mo durfte nicht von meiner Unruhe angesteckt werden.

Er futterte los und ich stellte ihm meinen Wecker neben den Teller, auch wenn er mit Uhrzeiten nichts anfangen konnte. »Hier. Guck doch mal! Mo! Hier: Wenn der kurze Zeiger an *der* Stelle da ist, bin ich spätestens zurück, verstanden?«

»Holst du Eis?«

»Ja ... ja genau. So viel du willst.«

Mo hielt seine zehn Finger hoch, an denen Ei- und Kartoffelbröckchen klebten.

»Hundert Kugeln Schokade für Mo!«, rief er.

»Okay. Hundert Kugeln. Dafür musst du aber hier sitzen bleiben.«

Ich schaltete den Kinderkanal ein. Damit hatte ich ihn schon öfter ruhig gestellt. Bis zu zwei Stunden konnte er alles begeistert aufsaugen, was über den Bildschirm flimmerte.

Die Fernbedienung versteckte ich lieber.

»Brauchst du noch was?«

Mo schaute gebannt zum Fernseher und antwortete nicht.

Einen Moment lang zögerte ich.

»Also, bis gleich«, rief ich dann bemüht unbeschwert und schaute aus dem Flur zurück ins Wohnzimmer, um sicherzugehen, dass Mo wirklich zufrieden auf dem Sofa saß.

Leise schloss ich die Haustür doppelt hinter mir ab und rannte zu meinem Rad.

AM MÜHLWEIHER

Immer wieder überlegte ich umzukehren, aber ich fuhr weiter und trat mit aller Kraft gegen mein schlechtes Gewissen an. Die heiße Luft trocknete meinen Hals aus. Gleichzeitig tropfte mir der Schweiß vom Kinn.

Nida saß schon im Badeanzug auf ihrem Handtuch am Ufer.

Während ich mein Rad das letzte Stück auf sie zuschob, versuchte ich runterzukommen.

Sie schaute mich belustigt an. »Wie weit wohnst denn du weg?«

»War stressig zu Hause«, sagte ich nur.

Ich setzte mich neben sie auf den Kies und konzentrierte mich darauf, ruhiger zu atmen.

Auf der anderen Seite vom Strand stand ein Pärchen. Zum Glück waren wir nicht alleine hier.

Nida schaute zum blauen Himmel hoch. »Schade, dass es nicht regnet«, sagte sie.

Ich war gar nicht richtig da, saß immer noch bei Mo auf dem Sofa. Hätte ich das Telefon neben ihn legen müssen?

Nida knibbelte an ihren Zehen. Vielleicht wartete sie darauf, dass mehr von mir kam. Jetzt hätte ich meine Box gebraucht.

Die Kiesel knirschten in meiner Hand. Einen davon warf ich ins Wasser.

»Komm, wir gehen schwimmen«, schlug Nida vor.

»Klar.«

Noch nie hatte ich mich mit Handtuch umgezogen. Ich legte es mir um die Hüfte und hielt es mit einer Hand fest, während ich mit der anderen versuchte, durch den Handtuchschlitz an meinen Gürtel zu kommen. Hannes hatte recht: Die Badehose musste man schon anhaben.

Als ich alles endlich runter hatte und die Shorts einhändig an meinen Beinen hochfummelte, rutschte mir das Handtuch weg. Zwar hatte ich mich umgedreht, aber meinen nackten Po hatte Nida vielleicht gesehen.

»Wo bleibst du denn?«, rief sie und rannte in den Weiher.

Ich sprang hinter ihr her und kraulte an ihr vorbei.

»Angeber!« Nida spritzte mir Wasser ins Gesicht, als sie mich eingeholt hatte. Also drückte ich sie runter, wie ich es mit Hannes getan hätte. Sie tauchte hinter meinem Rücken wieder auf und machte dasselbe mit mir.

Die Kälte tat meinem Kopf gut. Ich schoss hoch, schrie lachend auf, verfolgte Nida bis zur Mitte des Weihers. Und zusammen schwammen wir zurück.

Mit tropfenden Haaren saßen wir dann auf unseren Handtüchern. Wie beim Gewitter auf dem Schulhof hatte das Wasser uns irgendwie gleicher gemacht.

Wir redeten über unsere Schule, unsere Lehrer. Den Dröhmer.

»Habt ihr den auch?«, fragte ich.

»Der labert nur rum«, sagte Nida. »Nicht mal seine Haare sind echt.«

»Ernst?«

»Sicher. Der hat 'ne Perücke wegen seiner Halbglatze.«

Nida hatte Chips dabei. Wir griffen zeitgleich in die Tüte, zogen unsere Hände dann so schnell wieder raus, dass die Hälfte der Chips auf den Boden flog. Enten kamen angewatschelt und andere Vögel landeten neben uns. Alle stritten sich um die Chips, und

das Paar von der anderen Strandseite guckte zu uns rüber. Plötzlich saßen wir im Mittelpunkt.

Wir warfen den Enten die Chipstüte hin und ließen uns nach hinten fallen.

»Du kommst nicht aus einem der Dörfer hier, oder?«, fragte Nida.

»Nee. Wir sind vor einem Jahr hergezogen.«

»Und wie findest du's auf dem Land?«

»Na ja ... weiß noch nicht ...«

»Ist wahrscheinlich komisch am Anfang. Aber hier gibt's tausend tolle Orte! Muss ich dir mal zeigen. Kennst du schon den alten Bunker?«

Ich schüttelte den Kopf.

»Da kann man rein. Ich weiß wie.«

»Cool«, sagte ich.

Ich bekam direkt Lust drauf, mit Nida da hinzugehen. Vielleicht konnte ich ihr auch mal den Stollen zeigen. Oder mit ihr zusammen auf dem Aussichtsturm sitzen.

Ein Rabe hatte sich die Chipstüte gepackt und verzog sich damit an den Waldrand, verfolgt von den anderen Vögeln. Nur die Enten blieben bei uns hocken.

Es wurde ganz ruhig. Auf dem Weiher bewegte sich nichts. Keine Luftblasen, keine Wellen.

Wir schwiegen eine Weile. Und das war okay. Ich grinste den Himmel an.

»Hast du auch Geschwister?«, fragte Nida plötzlich.

»Nee«, hörte ich mich ohne zu zögern sagen.

Für einen Moment war ich über mich selbst erschrocken, setzte mich auf und starrte auf die Kiesel vor mir. Aber ich ließ es so stehen. Ich konnte nicht anders. Mo gehörte hier nicht hin. Das hier war meine andere Welt. Die gehörte nur mir.

Nida hatte nichts von meiner Unsicherheit bemerkt. Mit geschlossenen Augen hielt sie ihr Gesicht in die Sonne. Ich schaute sie länger an als bisher, und als sie blinzelte, zu spät wieder weg.

Ein Handy klingelte dumpf. Es klang weit entfernt. Erst hoffte ich, es sei gar nicht meins. Dann fuhr ich herum und fischte es aus meiner Sporttasche. Auf dem Display stand die Nummer von zu Hause. Scheiße!

Ich sprang auf und entfernte mich weit genug von Nida.

Mo schrie mir schon ins Ohr, bevor ich mich überhaupt melden konnte.

»Ich hab jemand tot gemacht! Ich hab jemand tot gemacht! Ich hab jemand tot gemacht!!«

Mir brach der Schweiß aus.

»Warte! Warte! Jetzt ... jetzt bleib doch mal ruhig!«, zischte ich. »Wo bist du? Im Wohnzimmer?«

»Ich hab jemand tot gemacht!! Ich hab jemand tot gemacht!!«

»Bleib, wo du bist. Hast du kapiert? Hör doch einfach mal zu! Bleib genau, wo du bist! Ich bin sofort da! Verstanden?!«

Mo brüllte weiter den immer gleichen Satz. Ich drückte ihn weg und rannte zu unserem Platz zurück.

Nida sah mich fragend an.

»Meine Mutter«, sagte ich. »Die macht immer einen Megastress!«

Ich stopfte mein Handtuch in die Sporttasche und zog mir hastig mein T-Shirt über. »So bescheuert. Ich muss sofort zurück. Tut mir total leid ...«

Nida war zu perplex, um etwas zu sagen.

»Es geht nicht anders, echt!«, rief ich. »Ich erklär dir das irgendwann ...«

Schon saß ich in der feuchten Badehose auf dem Rad und fuhr mit durchdrehenden Rädern das Ufer rauf, ohne mich noch einmal nach ihr umzusehen.

EINE BEERDIGUNG

Die Büsche am Wegrand flogen vorbei, aber ich kam mir trotzdem zu langsam vor. Meine Augen tränten vom heißen Wind und weil ich immer verzweifelter wurde. Was hatte ich mir dabei gedacht, Mo alleine zu lassen?!

Vielleicht hatte er sich selbst verletzt, mit einem Messer aus der Küche. Vielleicht hatte er wegen seines eigenen Bluts Panik bekommen ...

Den Schlüssel bekam ich erst nicht ins Schloss, weil ich die Hände kaum ruhig halten konnte.

Dann stieß ich unsere Haustür auf.

Der Blick ins Wohnzimmer machte mir Angst: Der Fernseher lief noch und Comic-Stimmen plärrten gegen die Stille im Haus an. Der halb leer gegessene Teller und das Apfelsaftglas standen auf dem

Couchtisch, die Gabel und das Messer lagen auf dem Teppich.

Auf dem Boden entdeckte ich auch unser Telefon, auf dem wir Mamas und meine Handynummer extragroß für Mo auf die Rückseite geschrieben hatten.

»Mo?!«, schrie ich.

Keine Antwort.

Mit einem Schlag auf den Knopf schaltete ich den Fernseher aus.

»Mo?!«

Ich rannte durchs ganze Haus, rutschte fast auf dem nassen Boden aus. War er hier tropfend rumgelaufen?

Im Bad sah ich, dass die Wanne gefüllt war. Davor eine große Lache, als hätte er geplanscht. Eine dicke Schaumschicht bedeckte das Wasser. Mir drängte sich ein schreckliches Bild auf: Mo, der ertrunken unter dem Schaum lag. Ich starrte auf die Wanne.

Das Bild wollte nicht verschwinden. Ich kniete mich hin und schob ängstlich den Schaum beiseite: nur Wasser. Es war nur Wasser zu sehen! Oder doch nicht? Ich schaute genauer hin und entdeckte am Wannenrand ein winziges Beinchen. Mit angehaltenem Atem zog ich daran Mos toten Therapie-Hamster unter dem Schaum hervor und aus dem Wasser. Er hatte alles Pausbackige verloren. Das nasse Fell klebte an seinem dünnen Körper und seine Augen sahen mich traurig an.

Ich lachte und weinte zugleich.

»Zum Glück bist nur du tot«, sagte ich zu Fips und legte ihn zum Abtropfen ins Waschbecken. Im Spiegel darüber sah ich mein blasses Gesicht. »Zum Glück …«, flüsterte ich mir zu.

Dann hörte ich ein dumpfes Schluchzen.

Wenn Mo etwas getan hatte, das ihn komplett aus der Bahn warf, wenn er sich wirklich schuldig fühlte, verkroch er sich in den dunkelsten Ecken, versteckte sich im Keller, unter Mamas Bett oder in der Garage.

Diesmal fand ich ihn ganz hinten in Papas begehbarem Kleiderschrank. Er hatte die Klamotten von den Bügeln gerissen und über sich gehäuft. Ich zog Hemden und Jacken von dem zuckenden Kleiderhaufen, bis Mos hochrotes Gesicht zum Vorschein kam.

»Ich hab jemand tot gemacht«, schluchzte er.

»Nicht jemanden, Mo«, rief ich. »Es war ja nur … es war nur ein Hamster. Und du wolltest ihm bestimmt nichts antun. Du wolltest ihn doch nur baden!«

Ich versuchte, Mo hochzuheben und aus dem Schrank zu ziehen. Aber er trat nach mir.

»Und du wars' weg, Kaal Schaller!« Er bewarf

mich mit Papas Socken und der Rotz lief ihm über den Mund zum Kinn runter. »Du wars' weg wie Thorsten!«

Mir fiel nichts ein, was ich darauf hätte sagen können. Ich wehrte noch ein paar Tritte ab, dann hockte ich mich schweigend auf den Schrankboden und sah zu, wie Mo seinen Rotz in einen von Papas Pullovern wischte.

Langsam beruhigte er sich, nur hin und wieder durchzuckte es ihn noch. Schließlich kam er zu mir gekrochen und legte seinen Kopf in meinen Schoß. Seine Haare waren noch ganz nass.

»Fips war dreckig«, sagte er. »Ich wollt' ihn schön haben.«

»Ich weiß.«

Unter meiner Hand, mit der ich ihm über die tropfenden Haare streichelte, dämmerte Mo langsam weg.

»Und du wars' nich' da ...«

»Es tut mir leid«, murmelte ich.

Den Hamster wollte Mo bei seinen Tomatensträuchern im Garten begraben. Wir hatten ihn wieder pausbackig geföhnt. Er sah fast lebendig aus, wie er da in der kleinen Mulde vor uns lag.

Mo kippte das Futter aus dem Schälchen im Hamstergehege vor Fips' kleines Maul und legte seine Fußballsammelkarte dazu. Es war seine einzige, eine Glitzerkarte, die in seinem Zimmer immer das Versteck gewechselt hatte wie ein besonders wertvoller Schatz.

Ein letztes Mal streichelte Mo über Fips' Fell.

»Tschüss.«

Nach einem Abschiedskuss deckte er das kleine Grab mit Erde zu, bis ein dunkles Hügelchen neben den Tomatensträuchern aus dem Gras gewachsen war.

»Is' jetz' ein Maulwurf«, sagte er.

Und ich dachte, dass ich keine seiner Tomaten mehr würde essen können, ohne Fips darin zu schmecken.

ALLES VERLOGEN

Mama hatte chinesisches Essen mitgebracht, weil sie wusste, wie sehr wir das mochten. Noch im Flur drückte sie uns beide gleichzeitig an sich, Mo links, mich rechts, und die Tüte mit dem warmen Essen baumelte an ihrer Hand hinter meinem Rücken.

»Was war das für ein Tag ...«, sagte sie mitfühlend. Sie gab Mo einen Kuss auf den Kopf. »Das mit Fips ist so traurig, mein Schatz! Wo habt ihr ihn denn beerdigt?«

Wegen der zwölf Anrufe ohne Nachricht hatte sich Mama noch aus dem Krankenhaus bei mir gemeldet und gefragt, ob alles in Ordnung wäre. Da hatte ich ihr von Mos Hamster-Unglück erzählt und die Spuren direkt nach dem Gespräch beseitigt: die Essensreste aus dem Wohnzimmerteppich gerieben, das Wasser aus der Badewanne gelassen und die Lache davor aufgewischt. Auch Papas Klamotten hatte ich ordentlich zurückgehängt.

»Is' jetz' ein Maulwurf«, sagte Mo.

»Bei den Tomatensträuchern«, sagte ich.

Mama streichelte auch mir über den Kopf. »Danke, Karl.«

Beim Essen lächelte sie Mo aufmunternd an. »Wir holen dir einen neuen Fips. Einen, der auch ganz weich ist. Gut?«

»Ja, genau. Der darf dann auch in deiner Hamsterhöhle draußen schlafen«, gab ich dazu.

»Auch in mei'm Bett!«, sagte Mo.

»Klar.« Ich biss in einen Krabbenchip. »Lecker«, sagte ich und überredete Mama, die Glückskekse schon jetzt zu verteilen. Hauptsache, Fips war vom Tisch.

Auf meinem Zettel stand: *Das Glück tritt gern in ein Haus, wo gute Laune herrscht.*

Mama musste darüber lachen und las Mos Spruch vor: »Wer den Himmel im Wasser sieht, sieht die Fische auf den Bäumen.«

»Häää?«, machten Mo und ich gleichzeitig.

»Das passt zu dir«, sagte Mama zu Mo. Ihren eigenen Keks schob sie unausgepackt beiseite.

Für eine Weile war nur Gabel- und Messergeschiebe zu hören.

Dann sah Mama mich prüfend an und wollte doch noch genauer wissen, wie das mit Fips hatte passieren können. Dabei hatte ich ihr am Telefon schon erklärt, dass ich nur kurz im Keller gewesen wäre, während Mo den Hamster aus Versehen im Waschbecken ertränkt hätte.

»Ich war halt kurz im Keller«, wiederholte ich meine Lüge.

Mama sah zu Mo.

»Und da wolltest du Fips im Waschbecken sauber machen?«

»Hab mit Fips gebadet.«

Mama stutzte. »In der Wanne?«

»Wollt' ihn schön haben mit Schaum.«

Mo stopfte sich beim Reden das Essen rein, als hätte er tagelang gehungert. Es war verrückt, wie schnell sein Lieblingsgericht die Trauer um Fips verdrängt hatte.

Ich schob einen schwarzen Glibberpilz durch die süß-saure Soße an meinen Tellerrand.

»Und du warst nur kurz im Keller? Hast nichts davon gemerkt, dass Mo die Wanne vollgemacht hat?«, hörte ich Mama fragen.

»Kann sein, dass ich auch noch im Garten war. Was weiß ich. Ist jetzt halt so.«

»Kaal war weg!«, rief Mo mit vollem Mund.

Ich fühlte Mamas beunruhigten Blick auf mir.

»Wie, du warst weg?«, fragte sie.

»Nur kurz mal.«

»Wo denn?«

»Ist doch jetzt völlig egal ...«

»Karl, du hast Mo doch nicht alleine gelassen, oder?«

Da war wieder Mamas Krankenschwester-Ton, der mich in die Ecke drängte.

Ich zuckte mit den Schultern.

»Du hast ihn wirklich alleine gelassen?!«

»Nicht so lange wie du!«, blaffte ich sie plötzlich an.

»Karl!« Mama wurde laut wie ich. »Das darfst du nicht! Du darfst ihn nicht ...«

»Aber du!«, fuhr ich dazwischen. »Du darfst das! Und Papa! Was ist mit dem? Frag den doch mal, wo er war! Der baut irgendwo Staudämme, statt hier zu helfen! Der kriegt's ja noch nicht mal hin, das Hamstergehege aufzustellen!«

»Das ist was völlig anderes!«

»Ist es nicht!«

»Blablöbliblöblöbläääää!«, äffte Mo uns nach. Er hasste Streit. Mit rausgestreckter Zunge machte er ein lautes Furzgeräusch, wobei Gemüsestücke auf den Tisch flogen.

»Halt einfach den Mund!«, rief ich.

»Blöder Kaaal!«, kreischte er zurück. Mit voller Wucht schlug er mit der Hand in sein Essen und saute uns alle ein.

Dann rannte er aus der Küche in sein Zimmer und drehte seine Karnevalsmusik auf Hauslautstärke.

»Ich halt das nicht aus!«, schrie ich über sie hinweg. »Ich kann nicht mehr! Den ganzen Tag hab ich Mo an der Backe. Warum nicht du? Warum nicht Papa?«

»Wir müssen eben arbeiten, Karl! Wegen der Schulden fürs Haus! Das weißt du doch! Sonst könnten wir hier nicht wohnen.«

»Ich will hier gar nicht wohnen! In der Stadt war sowieso alles besser!«

»Nicht für Mo.«

»Für den isses hier doch genauso kacke!«

»Er hat hier viel mehr Ruhe. Das ist wichtig für ihn.«

»Und ich?! Was hab eigentlich *ich* davon?!«, schrie ich.

»Mensch, Karl! Es ist nun mal wichtig, dass Mo …«

»Mo! Mo! Mo!«, brüllte ich dazwischen. »Immer nur Mo! Ich bin auch da!! Kapierst du das nicht?!«

Mein Stuhl flog um und ich rannte aus der Küche, rannte aus dem Haus.

Ziellos lief ich durch die Gegend und in das große Maisfeld vorm Dorf, rannte zwischen zwei Maisbahnen hindurch, sah zu beiden Seiten nur noch hohe Stängel und zerschlug die großen Blätter, die mir durchs Gesicht wischten. Ich stolperte, trat wütend ein paar Maispflanzen um, riss die grünen Kolben ab und schleuderte sie weg.

Keuchend stützte ich mich auf meine Knie. Dann ließ ich mich auf den Ackerboden fallen und starrte in den Himmel mit seinem kitschigen Abendrot. Sogar der Mond stand schon als Sichel da und tat so, als würde er lächeln.

Mamas Enttäuschung wirkte in mir wie das Gift nach einem Schlangenbiss. Sie würde nie verstehen, dass ich mich lautstark beklagte, obwohl es Mo so viel schwerer hatte als ich. Oder warum ich ihn hatte sitzen lassen. Warum ich nicht alles im Griff hatte wie sie als Oberschwester in ihrem sauberen Krankenhaus.

Ich schloss die Augen, um nur bei mir zu sein. Ganz alleine bei mir. Alle Geräusche blendete ich aus.

Nichts ließ ich mehr an mich heran. Mein Kopf lag auf der warmen Erde und die Hände legte ich auf meine Brust. Wie eine Mumie lag ich da und fühlte mein Herz klopfen. Mehr nicht.

Auf dem Rückweg kam mir Frau Schlüter mit Evi entgegen. Ich hatte den Blick zu spät gehoben und sie erst bemerkt, als ich die Straßenseite nicht mehr wechseln konnte.

»Hallo Karl«, rief sie mir zu. Sie ließ Evi neben mir vor den Zaun pinkeln, sodass die Hundeleine sich quer über den Gehweg spannte und ich nicht weiterkam. »Schön warm noch draußen, oder?«

Ich schaute nur auf den Weg vor mir, ohne Kraft für Höflichkeit.

»Gut, dass ich dich mal alleine sehe.« Frau Schlüter fasste mich am Arm. »Ich wollte dir nämlich schon immer mal sagen, wie toll ich das finde. Wirklich. Wie du das mit deinem Bruder machst. So liebevoll. Das ist sehr beeindruckend, Junge. Das geht mir richtig ans Herz.«

Ich stand stumm da, auf der Suche nach etwas Verlogenem in ihren Worten. Aber ich fand nichts. Und plötzlich löste sich etwas in mir auf, ohne dass ich verstand, was da mit mir passierte. Auf einmal umarmte ich Frau Schlüter, während sich meine Augen mit Tränen füllten. Vielleicht schluchzte ich sogar.

»Na … alles gut, mein Junge«, sagte sie verwundert. »Ist doch alles gut.«

Sie streichelte mir über den Rücken, bis ich mich gefangen hatte. Ich zog die Nase hoch und sie kramte nach einem Taschentuch, fand aber nur ein Pfefferminzbonbon in ihrem Täschchen und drückte es mir in die Hand.

Zum Glück fing Evi an zu bellen und zerrte ungeduldig an der Leine.

»Manchmal muss einfach was raus«, versuchte mich Frau Schlüter zu verstehen. »Das wird schon wieder.« Sie schien auch nicht richtig zu wissen, was sie noch sagen sollte, und gab Evis Drängeln schließlich nach. »Na dann … grüß schön zu Hause!« Sie lächelte mir aufmunternd zu, während Evi sie davonzog.

Ich öffnete unsere Haustür extraleise, schlich in mein Zimmer rauf und schloss es direkt hinter mir ab. Todmüde ließ ich mich auf mein Bett fallen und schlief augenblicklich ein.

Nur kurz weckte mich Mamas Klopfen.

»Karl? Bist du wach? Ich möchte noch mal mit dir reden. Karl? Lass uns doch bitte noch mal reden, ja?«

Ich dämmerte weiter vor mich hin, hörte das Knarzen der Treppe, als Mama irgendwann zurück nach unten ging, hörte noch, wie sie zu telefonieren anfing, ein dumpfes Gemurmel, das kaum durch die Zimmerdecke drang.

Dann war ich wieder weg.

DER ANRUF

Morgens verließ ich das Haus, ohne zur Küche reinzuschauen oder zu frühstücken.

»Karl! Warte! Warte doch mal ...« Mama kam mir hinterhergelaufen. Aber ich ließ sie am Gartentor stehen wie sie gestern mich.

Im Schulbus gab Hannes mir sein Käsebrot ab.

»Wie siehst du eigentlich aus?«, fragte er.

»Hab halt verschlafen«, sagte ich abwesend.

Er versuchte, mich mit einem verschwörerischen Grinsen zu kriegen.

»Wie war's denn gestern am See? Sag schon!«

Das Brot blieb trocken an meinem Gaumen kleben.

»Wir sind zusammen geschwommen.«

»Und dann?« Hannes war auf echte Geheimnisse aus, aber die gab es ja nicht.

»Dann ist alles schiefgelaufen.« Ich zwängte den Bissen runter. »Wegen Mo. Ich musste Nida sitzen lassen und schnell nach Hause, weil er seinen Hamster ertränkt hat.«

»Der hat was?«

»Ach egal.« Ich schlug auf die Rücklehne des Vordersitzes. »Kannst froh sein, dass du keinen Bruder hast.«

Das war ein wunder Punkt von Hannes. Er hasste es, alleine mit seinen steifen Eltern beim Essen am Tisch sitzen zu müssen.

»Weiß nicht ...«, sagte er.

»Können gerne mal tauschen! Du kriegst Mo für 'ne Woche und ich deine Playstation.«

Nach kurzem Zögern hielt Hannes mir wirklich seine Hand zum Einschlagen hin, wie er das eben bei jeder Herausforderung machte, um nicht als Weichei dazustehen.

Aber es war eh klar, dass es nie dazu kommen würde.

Ich schaute aus dem Fenster. Vorgärten mit Trampolinen und Draußen-Spielzeug zogen an mir vorbei. Kurz sah ich vor mir, wie Hannes mit Mos Hula-Hoop-Reifen durch unseren Garten geeiert war. Wahrscheinlich glaubte er, mehr brauchte es nicht, um mit meinem Bruder klarzukommen. Ein bisschen im Garten rumhüpfen und fertig. Ich malte mir aus, wie er nach der Schule schwitzend am Herd stand und Fischstäbchen verbrannte, während Mo sein Gesicht schon in den Ketchup-Teich auf seinem Teller tunkte. Dazu dröhnende Karnevalsmusik aus den Heimkino-Boxen. Da wär bei Hannes mal Leben im Haus.

»Was grinst du so?« Er stieß mich von der Seite an.

»Du bist einfach lustig«, sagte ich.

»Hab doch gar nichts gemacht.«

Hannes setzte sich seine Tasche auf den Schoß und holte einen großen Becher Schokopudding raus.

»Der wird jetzt geopfert. Sonst steh ich die Schule nicht durch.« Mit einem Ruck riss er den Aludeckel ab und überließ mir seinen Löffel. »Der ist zwar ohne Schokostücke, aber trotzdem lecker.«

Er fing an, sich den Pudding mit seinem Lineal in den Mund zu hebeln. »Hau schon rein!«, forderte er mich auf.

Und dann leerten wir zusammen den Becher, bis auf den letzten Rest.

In den Pausen drückte ich mich immer da rum, wo Nida gerade nicht war.

Einmal beobachtete ich sie vom Flur aus durch die Fensterscheibe. Sie stand auf dem Schulhof und sah sich um. Vielleicht suchte sie nach mir. Aber wie hätte ich ihr erklären sollen, was gestern wirklich passiert war? Eine gute Ausrede wollte mir auch nicht einfallen.

»Da muss erst mal fett Gras drüber wachsen«, riet Hannes mir von hinten, weil ich ihm die ganze Geschichte vom See inzwischen erzählt hatte.

In der siebten Stunde hatte Hannes noch Italienisch und ich fuhr alleine nach Hause.

Auf dem Küchentisch lag ein Zettel von Mama: *Karl, lass uns heute Abend zusammen reden. Bitte. Im Schrank steht eine Dose Ravioli für euch. Kuss, Mama.*

Ich faltete den Zettel klein und ließ ihn in meiner Hosentasche verschwinden.

Als Mo heimkam, machte ich uns die Ravioli heiß und wischte nach dem Essen die Soßenspritzer unter seinem Platz vom Boden.

Dann brauchte ich schon eine Pause, schloss mich im Bad ein und schaufelte mir kaltes Wasser ins Gesicht. Mein Handy klingelte in der Küche, aber ich ließ das Wasser weiterlaufen.

»Kaal?«, hörte ich Mo sagen. »... jaa, Kaal ... hää? ... Nee ... Neee. Hab keine Zeit! Tschüss.«

Ich schaltete zu spät.

Als ich in die Küche zurückeilte, saß Mo am Tisch und sah mich unschuldig an.

»Warst du an meinem Handy?«

»Nee, nee«, sagte er.

»Du sollst nicht an mein Handy gehen!«

»Wa' ich nich'.«

»Und auch nicht so tun, als wärst du ich! Hab ich dir schon tausend Mal gesagt!«

»Mo is' aba Kaal!«, rief er trotzig.

»Bist du nicht! Los, gib das Handy her! Wer war das überhaupt?«

»Die war dumm.« Mo machte einen Mundfurz. »Die hat gesagt, sie is' nie da. So blöd!«

Ich stockte. Hatte ich mich verhört?

»Nida?« Ungläubig sah ich ihn an. »War das vielleicht Nida?«

»So dumm!« Er klatschte sich die Hand vor die Stirn.

»Das ... das kann nicht sein!«

Sie hatte meine Nummer ja gar nicht. Oder vielleicht doch?

»Wieso bist du da drangegangen, Mo?! Wieso?!«

Wenn das wirklich Nida gewesen war ... Was würde sie jetzt denken? Dass ich sie verarscht hatte? So getan hatte, als wäre ich behindert, um sie nach meinem peinlichen See-Abgang abzuwimmeln?

Ich ließ mich auf einen Stuhl fallen und raufte mir die Haare.

»Nich' schlimm«, sagte Mo und tätschelte meine Schulter.

»Doch, Mo! Doch!«

»Nee, nee.«

Er tätschelte weiter auf mir rum und ich wischte seine Hand weg.

»Warum machst du immer alles kaputt?!«, rief ich.

»Mach ich nich'!«

»Gib mir sofort mein Handy!«

»Hab ich nich'!« Grinsend zog er es aus seiner Tasche und winkte damit.

Dann rannte er aus der Küche, wollte weiter ein Spielchen daraus machen. Ich jagte ihm nach, durchs halbe Haus, und stürmte am Ende so geladen hinter ihm und seinem lauten Lachen in sein Zimmer, dass ich dabei in seinen Turm aus Bauklötzen rutschte. Mit einem hellen Krachen stürzte er in sich zusammen.

»Mein Tuam!!«, schrie Mo auf. »Mein Tuam!!«

»Scheiße!«, keuchte ich. Keine Ahnung, wie lange er daran gesessen hatte.

»Mein Tuam!!«

»Jetzt krieg dich ein! Das sind doch nur ein paar Klötzchen. Ist ja wohl nicht schlimm!«

»Doch! Dooooooch!«, schrie Mo. »*Du* machs' alles kaputt, Kaal Schaller! Kaal Schaller macht alles kaputt!!«

»Weil du an meinem Handy warst!«, schrie ich zurück. »Das geht dich nichts an. Kapier das. Das ist MEINE WELT!«

»BLÄBLÖBLIBLÖBLÄÄÄÄÄÄÄ!«

Mo krabbelte über den Boden und bewarf mich mit den Bauklötzen, außer sich vor Wut.

Ich schnappte mir das Handy, das Mo hatte fallen lassen, rannte hoch in mein Zimmer und schmiss die Tür zu.

EIN ANDERER BRUDER

Nervös wischte ich die letzte Anrufnummer aufs Display. Ich kannte sie nicht. Sollte ich einfach zurückrufen? Und dann? Ich konnte Nida schlecht sagen, dass ich sie angelogen hatte und dass es doch einen Bruder gab, sogar einen Zwillingsbruder, und was für einen. Sie würde denken, dass ich auch nicht ganz dicht war.

Nida durfte nichts von ihm wissen!

Ich trat gegen den Schrank. Was hatte sie wohl vorhin gesagt? Das musste ich aus Mo herausbekommen! Irgendwie.

Schnell rannte ich wieder runter.

Und da sah ich, dass die Haustür offen stand.

»Nein!«, stieß ich hervor. Für einen Moment blieb ich regungslos stehen.

Nach einem sinnlosen Blick in Mos Zimmer eilte

ich zum Gartenhäuschen, wühlte die Geräte beiseite, durchsuchte die Garage, umrundete das ganze Haus und zwängte mich durch das Gebüsch am Rand von unserem Grundstück. Auch hier hatte er sich nicht versteckt.

»Mo?! Wo bist du?!«, rief ich auf der Dorfstraße und flehte, dass er nicht abgehauen war. Bitte nicht!

Ich lief die Weide hinterm Haus hoch in der Hoffnung, er wäre vielleicht bloß zu seinen Kälbern geflohen.

Aber im Kuhstall sah ich nur den Sohn des Bauern Heu in die Futterrinne schippen.

Ich schaute vom Weidezaun aus über das Dorf. Mo konnte überall sein. Überall!

Kurz nach unserem Umzug war er schon einmal verschwunden. Nach einem Streit mit Mama. Wir hatten ihn stundenlang gesucht. Erst als Mama schon die Polizei rufen wollte, hatten wir ihn zufällig im Wald gefunden: auf einem Hochsitz in die Ecke gekauert.

Beunruhigt schaute ich zum Wald rüber, der fast den ganzen Hügel bedeckte. Und da wusste ich, wo ich ihn suchen musste.

Ich rannte die Weide runter, sprang auf mein Rad,

fuhr in den Wald und kraxelte schnell die Böschung zum Stollen rauf. Dann fluchte ich laut: Mo saß nicht auf unserem Stein.

»Bist du da drinnen?!«, rief ich in den Stollen und machte ein paar Schritte an den Sitzkissen vorbei, die auf dem Boden im Dreck lagen. »Wenn du da drinnen bist, komm sofort raus!«

Keinen Ton hatte er damals auf dem Hochsitz von sich gegeben. Nur weil ich die Leiter hochgeklettert war, um von oben besser nach ihm suchen zu können, hatte ich ihn entdeckt.

Im Handylicht lief ich bis zu der Kurve hinter den Fledermäusen. Dann machte ich mir klar, dass Mo den Eingang ohne mich gar nicht wiedergefunden hätte.

Ich blieb stehen und rief noch ein letztes Mal nach ihm.

Da hörte ich weiter hinten ein Geräusch!

Lief da jemand durch den Gang?!

»Mo?! Bist du das?!«

Auf einmal kamen die Bilder von den verschütteten Bergleuten hoch und echte Angst packte mich. Ich stolperte über den Steinschutt und die vermoderten Stützbalken dem Geräusch hinterher, noch tiefer in den Stollen hinein.

»Lauf nicht weiter! Hörst du mich, Mo?! Hier drinnen ist es viel zu gefährlich!«

Überall lagen größere Steinbrocken im Weg, die aus der Decke gebrochen waren.

Der Gang wurde immer niedriger. Mein Lichtstrahl fiel auf einen verrosteten Hammer und eine verrottete Schaufel. Nur von Mo gab es keine Spur.

Ein Loch tauchte in der Wand auf, ein zweiter Stollentunnel, der zur Seite abging. War Mo da reingelaufen? Wo war denn das Geräusch geblieben?

Plötzlich sprang mir etwas aus dem abzweigenden Gang entgegen, ein größeres Tier, ein Dachs vielleicht, der, selbst in Panik, an mir vorbeihetzte. Ich erschrak so sehr, dass mir das Handy aus der Hand fiel und auf dem Steinboden aufschlug.

Tastend fand ich es wieder und erfühlte die Risse im Display. Einschalten ließ es sich nicht mehr.

Im Dunkeln hörte ich weit hinten das Tier fliehen, dann nur noch mein schnelles Atmen.

Wieso hatte ich überhaupt gedacht, Mo könnte hier sein? Selbst wenn er den Eingang gefunden hätte, wäre er nie so tief in die Dunkelheit gelaufen. Außer einem scheuen Tier verirrte sich gar nichts hierher.

»Wo bist du denn dann?«, flüsterte ich verzweifelt.

Ich kauerte mich an die kalte Wand. Der Schreck

über die Begegnung mit dem Tier ließ zwar nach, aber meine Angst blieb und breitete sich in der Dunkelheit aus.

Mo konnte die Landstraße mit der Dorfstraße verwechselt haben und mitten auf der Fahrbahn laufen. Oder zu den Stieren auf die Weide gerannt sein. Genauso gut konnte er im Wald rumirren, bis er kraftlos liegen blieb, ohne sich für jemanden bemerkbar zu machen, der nach ihm suchte.

Ich fing an zu frösteln. Nicht zum ersten Mal stellte ich mir vor, wie Mo davonlief und nicht wiederkam. Ich hatte mir das manchmal sogar gewünscht und mir ausgemalt, wie genial es wäre, wenn ich einen anderen Bruder hätte, einen ohne Sauerstoffmangel, mit dem ich zusammen den Trail runterfahren und richtig reden könnte, einen, der mich verstand und auf den ich stolz war.

Oder wie es wäre, wenn nur Mama und ich übrig blieben. Nur sie und ich.

Dass ich solche Gedanken überhaupt haben konnte … mein Magen zog sich zu einem harten Knoten zusammen, so sehr schämte ich mich vor mir selbst.

Aber ich konnte hier nicht warten, bis mir ein Stein auf den Kopf fiel, während Mo draußen schutzlos herumlief!

Ich stand auf und tastete mich an der Wand entlang, wollte schneller sein, schlug mehrmals mit dem Kopf an die Decke, stolperte und flog hin, prellte mir die Hände.

Langsam wurde es heller und das Laufen fiel leichter. Ich erreichte die Kurve, die Fledermäuse, dann war ich endlich raus aus dem Stollen.

Ich konnte kaum etwas sehen, weil die Sonne mich blendete. Mein kaputtes Handy hielt ich fest umklammert. Wie dringend wollte ich Mama fragen, ob ich die Polizei rufen sollte! Den ganzen Wald alleine abzusuchen war doch sinnlos!

Ich rutschte die Böschung runter zu meinem Rad und fuhr zurück ins Dorf. Mein Blick war überall, es gab kein parkendes Auto, hinter das ich nicht im Vorbeifahren guckte.

Vor mir tauchte die Staubwolke über dem Bolzplatz auf und ich fuhr schneller: Vielleicht hatte einer der anderen Mo ja gesehen!

Während ich auf den Bolzplatz zurollte, blitzte da immer wieder etwas in dem Gewühl in der Sonne auf, das ich für eine Brille hielt. Als ich noch näher kam, glaubte ich auch, aus dem Geschrei ein lautes Lachen herauszuhören, das ich nur zu gut kannte. Oder wünschte ich mir das bloß?

Dann sah ich ihn wirklich, wie er zwischen den anderen hervorkam und mit dem Ball unterm Arm zum Tor rannte!

Ich fuhr mitten aufs Spielfeld, sprang im Fahren vom Rad, das hinter mir scheppernd zu Boden krachte, und fing Mo von hinten ein, riss ihn fast um mit meiner Wucht. Wir taumelten zusammen über den Platz und ich hielt ihn fest, damit er nicht hinfiel oder mir noch einmal entwischte.

»Mo!«, keuchte ich.

Er kapierte gar nicht, dass ich es war.

»Faul! Faul! Faul!«, rief er empört und drückte mich von sich weg. »Freischoß!«

Er legte sich den Ball vor die Füße. Aber ich hob ihn direkt wieder auf. Wenigstens sollte Mo mich mal anschauen!

»Rot!«, rief er. »Du muss' runter!«

Völlig perplex fing ich an zu lachen. »Weißt du, welche Scheißangst ich um dich hatte?«

Plötzlich stand Hannes neben mir.

»Wo warst du denn? Dein Bruder kam hicr an und wusste gar nicht mehr, was los ist. Der hat voll ge-

heult.« Hannes sah mich fast vorwurfsvoll an. »Bei euch zu Hause war niemand. Ans Handy bist du auch nicht. War schon komisch. Echt. Da haben wir ihn halt mitspielen lassen … also … ja. Irgendwie geht's jetzt wieder.«

Mo ist die ganze Zeit hier gewesen!, dachte ich nur.

»Danke, Hannes!«

Er zuckte mit den Schultern.

»War eigentlich auch kein Problem, auf ihn aufzupassen. Hab ich doch gesagt. Was hast du denn da gemacht?« Er zeigte auf meine Stirn. Ich fühlte nach und etwas Blut blieb an meinen Fingern kleben.

»Nicht schlimm …«, murmelte ich.

»Weitaa!« Mo grapschte mir den Ball aus der Hand und machte seinen Freistoß, während die anderen zögernd dastanden.

»Okay. Nächstes Tor entscheidet«, rief Hannes.

Benommen lief ich zur Bank und setzte mich, schaute dabei zu, wie Hannes und die anderen für Mo spielten. Sie passten ihm zu oder jagten ihm in seinem Tempo hinterher, ließen ihn machen, auch als er sich den Ball wieder unter den Arm klemmte, um wie ein Rugby-Spieler übers halbe Feld zu stampfen.

Und ich saß einfach da auf meiner Bank und entspannte mich.

Natürlich schoss Mo auch das »entscheidende« Tor. Jubelnd rannte er zu Hannes und klatschte ihn ab. Danach umarmte er alle hintereinander.

Ich konnte den Blick nicht von ihm abwenden. Ich wollte zu ihm hinrennen und mich auch umarmen lassen, wollte ihm sagen, dass er nie wieder abhauen durfte. Nie wieder!

Dann dachte ich überrascht, dass ich Mo manchmal vielleicht sogar mehr brauchte als er mich.

IM HALBDUNKEL

Mama stieg aus dem Auto, öffnete das Gartentor und sah mich schon von dort drinnen am Fenster stehen.

Als sie ins Wohnzimmer kam, stellte sie sich neben mich und ich beobachtete ihr Spiegelbild in der Fensterscheibe. Sie wollte mir die Haare aus der Stirn streichen, hielt aber inne.

»Ich mach dir da ein Pflaster drauf«, sagte sie.

»Nicht nötig.«

Mama war vorsichtig mit mir. Sie wartete noch ab, bevor sie ihren Arm um meine Schultern legte. Ich behielt meine Hände in den Hosentaschen.

»Wir reden, wenn Mo im Bett ist. Dann haben wir wirklich Ruhe«, schlug sie vor und ich nickte.

Nach dem Essen sagte ich Mo noch Gute Nacht. Er hatte Mama mit seiner vom Torjubel heiseren Stimme von seinem Fußballglück mit Hannanas und den anderen erzählt. Inzwischen blätterte er in seinem Comic. Als ich mich zu ihm legen wollte, sagte er, sein Bett sei schon voll.

Nachtragend war er sonst nie. Kurz überlegte ich, ob ich mich einfach doch an ihn kuscheln sollte, streichelte aber nur seinen Rücken durch die Decke hindurch, bevor ich ihn mit sich alleine ließ.

Im Halbdunkel lag ich dann mit Mama zusammen auf meinem Bett. Nur das Licht der Straßenlaterne erhellte die Zimmerdecke. Durch das geöffnete Fenster hörte man das Quaken der Frösche aus Frau Schlüters Teich.

Ich hatte das Licht am Bett ausgeknipst, damit Mama mich nicht richtig sehen konnte. Ich wusste ja nicht, was kommen würde. Mit dem Fingernagel knibbelte ich die Kruste von den Schrammen auf meiner Wange ab.

»Ich wollte dich gestern nicht so anfahren, Karl …«, fing Mama an. »Es tut mir leid, dass ich das nicht gesehen habe … dass du einfach nicht mehr kannst … Ich verstehe nicht, warum mir das passieren konnte …. Du hast es eben mit Mo immer gut hingekriegt … dachte ich zumindest. Dabei weiß ich manchmal selbst nicht, wie ich es schaffen soll. Mit Mo und den Patienten, dem Haus und ohne Papa ...«

Mama sah fertig aus. Vielleicht lag das auch an dem fahlen Licht und den Schatten auf ihrem Gesicht. Ihre Augen glänzten leicht im Halbdunkel und suchten die Zimmerdecke ab.

Es war seltsam, ihre Hilflosigkeit zu sehen. Und trotzdem war ich erleichtert, dass sie auch nicht alles im Griff hatte.

»Ich bin so wütend auf alles, Mama. So sauer.«

Sie nickte.

»Ich will ja helfen. Es ist nur zu viel. Und es fühlt sich auch an, als wärst du nie da.«

Mamas Hand suchte meine, die noch von den Stürzen im Stollen schmerzte. Sie packte zu fest zu, irgendwie unbeholfen, aber ich zuckte nicht zurück. Keine Ahnung, wann wir das letzte Mal so nah zusammen auf meinem Bett gelegen und miteinander geredet hatten.

»Hör doch einfach im Krankenhaus auf«, sagte ich.

»Wenn das so einfach wäre, Karl ... Es sind ja nicht nur die Schulden fürs Haus. Die Patienten sind auch noch da. Das ist nun mal mein Beruf.« Mama seufzte. »Vielleicht reduziere ich noch mehr. Oder ... ich weiß nicht ... ich suche noch einmal intensiver nach einer Betreuung für Mo. Das ist hier draußen eben schwieriger als in der Stadt. Das hatten wir uns anders vorgestellt.«

»Und Papa?«, fragte ich. »Was ist denn mit dem?«

»Er weiß, dass wir etwas ändern müssen. Gestern habe ich am Telefon mit ihm darüber gesprochen. Da hast du schon geschlafen. Er will früher nach Hause kommen als geplant, zumindest versucht er das. Morgen Abend hat er wieder Netz, da will er noch mal anrufen, um auch mit dir zu sprechen.«

Papa am Telefon ... Das hatte ich noch nie gemocht.

»Was soll ich denn mit ihm reden ...«

Ich riss ein Stück Kruste ab.

Und dann kam raus, was mich nicht losließ, seit Mo seinen komischen Gedanken im Stollen ausgesprochen hatte:

»Vielleicht ist er auch deshalb dauernd weg, weil ihm Mo zu viel wird ...«

Mama drehte sich überrascht zu mir und sah mich lange an.

»Nein. Das glaube ich nicht«, sagte sie dann.

»Es fühlt sich aber so an. Mo braucht keine Geschenke von ihm. Und ich auch nicht. Papa muss hier sein. Nur hier. Nirgendwo sonst.«

»Sag ihm doch genau das.«

Draußen quakten die Frösche weiter, während ich schwieg und mir überlegte, wie ich Papa vielleicht dazu bringen konnte, nach einem anderen Job hier in der Nähe zu suchen.

»Wir werden zusammen eine Lösung finden, wenn Papa da ist«, sagte Mama.

»Und wenn es keine Lösung gibt?«

»Wir werden eine finden, damit es für dich besser wird.«

Jetzt klang sie wieder praktisch. Und ich nahm sie beim Wort. Ich stützte mich auf meinen Ellenbogen. Sie lächelte mir zu und ich lächelte vorsichtig zurück.

»Was hättest du eigentlich am Montag so gerne gemacht?«, fragte sie.

»Ach ... egal ... hat sich eh erledigt.«

Auf dem Boden neben dem Bett lag mein kaputtes Handy. Vielleicht war ich sogar froh, dass Nida mich nicht noch einmal anrufen konnte.

Mein Kopf fiel aufs Kissen zurück und ich schaute hoch zur Zimmerdecke, die für mich nachts oft zur Leinwand wurde.

Auch jetzt zogen Bilder an mir vorbei. Nidas rote Haare, das Liebespaar am See, Papa, der ins Flugzeug stieg. Und immer wieder Mo. Sein unschuldiger Blick nach Nidas Anruf. Sein rotgeweintes Gesicht in

Papas Schrank. Er neben mir auf unserem Stein im Stolleneingang …

Plötzlich überkam mich ein Frösteln wie vorhin im Stollen. Auch das Drücken im Magen war wieder da.

Ich drehte mich mit dem Rücken zu Mama und sie legte ihren Arm um meinen Bauch. Daran hielt ich mich fest.

»Mama …«, flüsterte ich. »Ist es falsch … oder …. vielleicht sogar schrecklich, dass ich mir Mo manchmal wegwünsche?«

Auf einmal liefen Tränen über mein Gesicht. Ich wischte sie nicht ab. Sie tropften einfach aufs Kopfkissen.

»Das … das ist ganz normal, Karl, dass man mal solche Gedanken hat«, sagte Mama. »Außerdem ist unsere Situation ja sehr besonders.« Sie rückte sich hinter mir zurecht. »Am Anfang habe ich mich auch nicht damit abfinden wollen. Mit der Ungerechtigkeit. Da habe ich ziemlich oft drüber nachgedacht, über unser Pech, dass wir es wegen einer kleinen Komplikation so viel schwerer haben als andere. Dabei haben wir auch so ein Glück mit Mo. Ein so großes Glück. Das musste ich aber erst wirklich verstehen.«

Das verstand ich schon längst, dachte ich. Und trotzdem wurde er mir ja zu viel. Vielleicht war auch *ich* der falsche Bruder für *ihn*, weil ich es einfach nicht mit ihm schaffte.

»Bist du enttäuscht von mir?«, fragte ich leise.

»Du meine Güte! Nein!«, rief Mama. Sie drehte mich zu sich und nahm mich in den Arm. »Natürlich nicht, Karl!« Mit ihrer ganzen Kraft hielt sie mich fest. »Papa und ich haben nur zu viel von dir verlangt!«

Das wirkte wie eine Beruhigungsspritze. In Mamas Armen wurde ich unendlich müde, als müsste ich Jahre an Schlaf nachholen. Ich schloss die Augen und kippte kurz darauf einfach weg.

ZU ZWEIT ALLEINE

Die ganze Nacht über hatte ich tief geschlafen. Nur langsam kam ich jetzt zu mir.

Mama saß auf der Bettkante und stellte für mich eine Tasse Tee hin, als wäre ich ein Patient.

Wie spät war es eigentlich? Die Sonne schien schon ins Zimmer. Musste ich nicht längst los?

»Ich hab dich krankgemeldet«, sagte Mama. »Und mich auch. Vielleicht tut uns das heute ganz gut.«

Sie sah müde aus. Dafür hatte sie keine Stressfalten um dcn Mund.

»Und Mo?«

»Ist schon in der Schule.«

Ich setzte mich auf, stopfte mein Kopfkissen zwischen Wand und Rücken und schlürfte den Tee. Wie an einem Krankheitsmorgen, an dem man einfach im Bett bleiben durfte und nichts tun musste.

»Kommst du runter?«, fragte Mama.
»Ja«, sagte ich.

Mama saß im Unterhemd am Tisch. Die Haare noch offen, nicht streng nach hinten gebunden wie sonst. Sie sah mir beim Frühstücken zu, auf ihre Hand gestützt und über ihre Tasse hinweg. Mit einem klaren Blick, nicht mit dem unscharfen, der durch mich hindurchsah.

Ich erzählte was aus der Schule, von Frau Weimann und dem Laber-Dröhmer, und Mama hörte mir einfach zu.

Von der Küche wechselten wir in den Garten auf die Liegestühle. Wir dämmerten nebeneinander weg, redeten danach ein bisschen, spielten Karten, machten uns einen Milchshake. Alles nichts Besonderes. Aber zusammen.

Die Sonne kam rum und wir setzten uns in Mos aufblasbares Planschbecken.

»Cool, dass du das Krankenhaus schwänzt«, sagte ich. Und Mama lächelte mit ihrem ungeschminkten Mund. Sie hing irgendwie lässig da, in einer Hand ihren Milchshake, die Arme auf den schlaffen Beckenrand gelegt, der sich nach hinten ausbeulte.

Als Mo am Mittag nach Hause kam, war ich so

glücklich über meine Stunden mit Mama, dass es mir nichts ausmachte, ihn beim Essen durchreden zu lassen. Mir fiel nur auf, dass er fast ausschließlich Mama ansah. Ganz selten huschte sein Blick zu mir rüber. Unser Streit hing wohl immer noch in seinem Kopf fest wie ein zäher Nebel.

Irgendwann später klingelte es. Mo erwartete Besuch von Lara und ich rutschte auf Socken durch den Flur zur Tür. Ich hatte Lust, ihr aufzumachen und Hallo zu sagen. Überhaupt hatte ich Lust etwas zu tun, zu Hannes zu gehen oder zum Bolzplatz, weil ich mich wach fühlte wie ewig nicht.

Mit Schwung zog ich die Tür auf, und eine Sekunde fragte ich mich wirklich, ob Lara sich die Haare rot gefärbt hatte. Dann schoss mir die Hitze ins Gesicht.

»Is' Lara?«, rief Mo aus seinem Zimmer.

Schnell machte ich einen Schritt vor die Tür und lehnte sie hinter mir an.

»Hey Karl.«

Ich steckte die Hände in die Hosentaschen, nahm sie wieder raus, fuhr mir fahrig durch die Haare.

»Hey …«

»Die hast du am See vergessen. Wollte ich dir wiederbringen.«

Aus einem Beutel zog Nida meine Hose hervor, die doch eigentlich in meiner Sporttasche lag, in irgendeiner Ecke im Haus. Oder nicht?

»Äh … danke … voll nett …«

»Bist du krank?«

»Quatsch.«

»Warst halt nicht in der Schule …«

»Lara soll zu mir ins Zimmer!«, forderte Mo von drinnen.

Ich hielt die Türklinke hinter mir fest.

»Woher weißt du, wo ich wohne?«, brachte ich hervor.

Nida holte meine Regio-Karte und den Schülerausweis aus der Tasche meiner Hose und schaute auf das Foto von mir.

»Könntest mal ein neues machen«, sagte sie herausfordernd und wir blieben unschlüssig stehen.

Nidas Rad lehnte am Zaun. Vielleicht sollte ich sie ein Stück nach Hause begleiten, weg von hier, dachte ich angespannt …

Dann rutschte mir die Klinke aus der Hand und ich fuhr herum: Mo hatte die Tür aufgerissen und stand direkt hinter mir. Er sah mir noch ähnlicher als sonst.

»Häää?«, machte er. »Wieso bis' du nich' Lara?«

»Weil ich Nida bin.«

Ich konnte sehen, wie es in seinem Kopf arbeitete. Dann machte es anscheinend »klick«.

»Ich kenn dich!«, rief er aufgeregt. »Ich kenn dich! So blöd!«

»Und du bist Mo, oder?«, hörte ich Nida fragen.

Wieso wusste sie, wie er hieß?

Mo war so erfreut darüber, dass er sich an mir vorbeidrängte, Nida an der Hand nahm und sie hinter sich her ins Haus zog.

»Guck! Die sind schön!« Er schob sie in sein Zimmer vor die Wand mit den Apotheken-Postern.

»Du bist ein Tier-Fan, oder?«, fragte Nida.

»Jaaaaa!«

»Und einen Hamster hast du auch.« Nida zeigte auf das Foto von Fips, das am leeren Käfig klebte.

»Der is' 'n Maulwurf«, rief Mo.

»Ach so. Ja, stimmt. Der hat sich vergraben. Ist nix von ihm zu sehen.«

Mo wühlte in einer Schublade. Mit einem stolzen Grinsen kramte er eine seiner Fingerhäkel-Ketten hervor und hielt sie hoch.

»Für dich!«

»Oha. Danke.«

Nida lachte geradeheraus wie auf dem Schulhof,

während Mo ihr die Kette über den Kopf fummelte. Fehlte nur noch, dass er ihr einen Schmatzer verpasste.

Jetzt schüttete er seine Kiste mit Comic-Figuren vor ihr aus, zog Nida zu sich auf den Boden runter und ließ die Figuren Loopings machen, Rumschießen, Furzen. Nida zuckte noch nicht einmal zurück, als er ihr mit seinem Monsterpferd über den Kopf hoppelte.

Dann klingelte es ein zweites Mal.

»Mo. Das ist Lara«, rief ich.

Keine Reaktion.

»Moho! Lara ist da!«

Er sprang plötzlich doch auf, eilte zur Haustür und ich blieb mit Nida alleine zurück.

Die Gelegenheit nutzte ich sofort: »Wenn du willst, können wir noch zum Aussichtsturm …«

Auf dem Weg zu den Rädern winkte Nida Mo, der Lara mal wieder mit seinem Hula-Hoop-Reifen beeindruckte.

Und hinten im Beet gab Mama vor, mit Einpflanzen beschäftigt zu sein. Ihr neugieriger Blick zu uns rüber entging mir trotzdem nicht.

Ich fuhr vorneweg. Es fiel mir schwer, nicht noch schneller zu fahren. Die Stufen zur Aussichtsplattform rannte ich vor Nida rauf und schwang mich oben auf die Brüstung. Nida setzte sich neben mich. Die Höhe machte ihr nichts aus, und wir schauten eine ganze Zeit auf die Baumspitzen runter.

»Mo ist cool«, sagte sie dann.

»… ja … schon …«

»Warum hast du mir nicht erzählt, dass du einen Bruder hast?«

Ich wusste nicht, was ich darauf antworten sollte. Ich verstand es gerade selbst nicht mehr.

»Ist er dir peinlich?«

Wie von selbst wichen meine Augen ihrem Blick aus. Dann spuckte ich in die Tiefe.

»Eigentlich nicht«, behauptete ich und schaute sie wieder an.

Und plötzlich war es wirklich so: Ich schämte mich nicht. Weder für Mo noch für mich. Ich saß einfach da.

»Woher weißt du überhaupt, wie er heißt?«, fragte ich nach einer Weile.

»Von deinem Freund«, sagte Nida. »Von dem hab ich mir deine Nummer geholt. Also, wegen der Hose. Aber ich dachte, die stimmt nicht. Weil jemand drangegangen ist, der gar nicht klang wie du. Ich hab dann noch mal nachgefragt, ob die Nummer vielleicht falsch ist. Und da war klar, dass es dein Bruder gewesen sein muss. Hat mir dein Freund halt gesagt.«

Irgendwie fand ich das lustig. Dass wir auch durch Hannes hier saßen.

Auf einem Feld hinterm Wald hockte ein riesiger

Krähenschwarm. Ich wäre gerne über das Feld gerannt, um ihn aufzuscheuchen. Und als würde ich genau das tun, stieg gerade eine schwarze Vogelwolke in den Himmel und flog Richtung Stadt davon.

»Nachts sieht man ganz hinten das Stadion leuchten«, sagte ich. »Und nicht weit vom Wasserturm haben wir gewohnt.«

Der Wasserturm war von hier aus nicht zu sehen. Aber ich wusste ja, wo er ungefähr stehen musste, und zeigte in die Richtung.

Nida kniff die Augen zusammen. »Steht der nicht *da*?« Sie hielt ihren Arm neben meinen und zeigte mehr nach rechts, irgendwo auf den Horizont. Für einen Moment berührte sie dabei meine Hand. Und ich zuckte nicht zurück.

»Wollen wir morgen vielleicht zum Bunker?«, fragte sie.

»Klar.«

»Wir können auch mal in dic Stadt fahren.«

»Auf jeden Fall«, sagte ich.

WER ZUERST LACHT

Lara war schon weg, als ich mit meiner ganzen Energie zu Mo ins Zimmer platzte und mich zu ihm auf den Sitzsack schmeißen wollte.

Aber er sah mich durch seine dicken Brillengläser an, als würde er mich nicht richtig erkennen, und ich blieb vor ihm stehen.

»Papa kommt sogar früher zurück!«, sagte ich. Vielleicht konnte ich ihn damit wieder kriegen. »Wahrscheinlich schon am Wochenende. Cool, oder?«

Mo nahm seine Luftmaschenschnur und häkelte.

»Jetzt komm schon, Mo!«

Ich stupste mit meiner Fußspitze an seine.

»Moho …«

»Nida is' lieb«, nuschelte er.

Mit dem Finger pikte ich ihn in die Seite.

»Ich nicht?«

»Du bis' der!« Mo zeigte auf sein Gorilla-Poster.

»Aha.« Ich trommelte mir auf die Brust und entdeckte ein kleines Grinsen in Mos Gesicht.

Also ging ich zur Anlage und schaltete sie ein. Wie immer kam direkt Karnevalsmusik. Mo begann, mit dem Kopf zu wippen, und ich drehte noch lauter auf. Ich wusste ja, wie er zu seiner Musik abgehen konnte. Er wippte immer stärker, sein ganzer Oberkörper schwang vor und zurück, als würde sich etwas in ihm aufschaukeln.

Beim ersten Refrain warf er dann die Häkelschnur zur Seite, sprang auf und fing an, mich anzurempeln. Ich rempelte zurück. Wir schubsten uns rum wie zwei Betrunkene und stachelten uns gegenseitig an. Und plötzlich flippten wir gleichzeitig aus. Wir sprangen los und grölten beim Refrain mit, prallten gegen die Wände und den Schrank, gingen auf Knien ab und auf dem Rücken liegend, Kissen flogen, die Lampe knallte um.

Außer Atem ließen wir uns dann fallen. Mo lehnte an seinem Sitzsack und ich an der kalten Heizung.

Wie zwei Boxer nach der ersten Runde saßen wir uns gegenüber. »Wer zuers' lacht«, forderte Mo mich gleich wieder heraus und fixierte mich frech durch seine verrutschte Brille.

»Okay«, sagte ich und gab alles, um ihn mit meinen Blicken zum Lachen zu bringen. Aber da regte sich nichts in seinem Gesicht. Was für ein sturer Bock. Und als er mir ganz trocken einen seiner Mundfurze rüberschickte, hatte ich natürlich verloren.

Ich krabbelte zu ihm rüber und kitzelte ihn durch, bis er genauso lachte wie ich.

Irgendwann konnten wir nicht mehr und lehnten uns schlapp aneinander.

Von draußen schien die Sonne rein. Blauer Himmel war auch. Halt mal wieder Freibadwetter.

»Was meinste, Mo«, sagte ich nach einer Weile. »Wo soll der Pool hin in unserem Garten?«

Er sah mich fragend an.

»Das Schwimmbad! Das Papa uns am Anfang versprochen hat. Wo soll das in unserem Garten hin?«

»Ein Schwimmbad, jaaaa!«

»Und wo im Garten?«

»Überall.«

»Mit Sprungturm, oder?«

»Mit Bubbelbad.«

»Stimmt. Whirlpool muss auch sein. Sagen wir Papa.«

»Thorsten sitzt drin. Und Mama.«

»Im Bubbelbad?«

»Jaa. Und Frau Schlüter mit Evi.«

»Meinetwegen.«

»Und Lara. Und Nida. Und Hannanas. Und du. Und ich.«

»Klingt gut.«

Die Karnevalsmusik war wieder beim Refrain angekommen.

»Irgendwann mag ich die noch«, sagte ich und grinste Mo an.

»Mag dich auch«, sagte er.

Erst jetzt fiel mir auf, dass unsere Hände ineinanderlagen.

Danke

An der Entstehung dieses Buchs haben so viele Menschen ihren Anteil! Am Anfang standen Gespräche mit Familien, die das besondere Zusammenleben mit einem Kind, das eine geistige Behinderung hat, von innen heraus kennen. Ich möchte Bernhard, Katharina, Johannes und Hildegard Kreßler danken, ebenso Juli, Laurin, Artus und Claudia Held, Katrin Heitmann, Lena Himbert, Lisa Reinhart und Veronica Scholz. Die Gespräche mit euch waren offen, vertrauensvoll und erhellend.

Die Kontakte zu euch wären nicht zustande gekommen ohne die freundliche Hilfe von Corinne Vanesse und Sascha Velten.

Eine besondere Erfahrung war für mich, die Kindergruppe des ABC (Arbeitskreis Behinderte an der Christuskirche) in Freiburg vorübergehend zu begleiten. Die Begegnungen mit den Kindern dort haben mich nachhaltig beeindruckt und wurden mir dank Katharina Scheil und Bertram Goldbach ermöglicht.

Mit fachlichen Fragen durfte ich mich netterweise an Jutta Thoma und Ulrike Huber wenden. Besonders danken möchte ich Frau Dr. Schäfer, die sich nicht nur die Zeit genommen hat, auf meine vielen Mails zu antworten, sondern auch das Manuskript mehrfach zu lesen und fachlich zu prüfen. Und vielen Dank an Tim Charlemagne fürs Korrekturlesen aus Sicht eines Betreuers.

In einen stillgelegten Stollen konnte ich nur deshalb gelangen, weil Lars van den Berg Schlüssel für solche Orte hat. Ihm danke ich genauso wie Werner Dezelski, Stefan Nies und Hans Joachim Schmidt für ihre Bergbau-Expertise.

Die ganze Zeit über hat meine Frau Angela die Entstehung des Buchs mit ihrem Gespür für Sprache und psychologische Zusammenhänge begleitet. Mich mit ihr auszutauschen ist für mich von unschätzbarem Wert. Ohne sie hätte das Buch ja noch nicht einmal einen Titel! Auch meine Eltern, Hade und Wolfgang, haben sich unermüdlich in alle Stadien des Textes hineingelesen und mir viele gute Anregungen gegeben. Und wie immer besonders klug und genau war Judith Ruyters unverzichtbarer Blick für sprachliche und dramaturgische Feinheiten.

Zum Schluss möchte ich meiner Lektorin Bettina Körner-Mohr und der Programmleiterin Katharina Ebinger vom Thienemann-Esslinger Verlag danken. Sie haben viele wichtige Fragen an die Geschichte gestellt und damit sehr zu ihrem Gelingen beigetragen.

Und natürlich: Juli und Michel, wie all meine Bücher entstand auch dieses letztlich euretwegen!

Scherz, Oliver
Sieben Tage Mo
ISBN 978 3 522 18648 3

Gesamtausstattung: Philip Waechter
Einbandtypografie: formlabor
Satz: Bettina Wahl
Reproduktion: DIGIZWO, Stuttgart
Druck und Bindung: GGP Media GmbH, Pößneck

FSC www.fsc.org
MIX
Papier | Fördert gute Waldnutzung
FSC® C014496

www.thienemann-esslinger.de